LA DANSEUSE ET LE ROI

* Les astérisques que l'on trouve dans le texte renvoient en fin de volume, à la rubrique « Pour en savoir plus ».

87, quai Panhard-et-Levassor – 75647 Paris Cedex 13
ISBN : 978-2-0812-4321-7

ANNE-MARIE POL

LA DANSEUSE ET LE ROI

Flammarion Jeunesse

Je remercie Céline Vial, mon éditrice, qui m'a chaleureusement encouragée à écrire cette histoire, Philippe Prins qui, par son aide amicale, m'a permis d'y mettre un peu d'accent provençal, Et Frédéric David, de l'Opéra de Paris, qui a eu la gentillesse d'y porter son regard de danseur.

A-M. P.

Pour ma mère et ses aïeux d'Orgon
Et pour mon père, toujours présent.

A-M. P.

Il est sans comparaison plus facile
de faire ce que l'on est
que d'imiter ce que l'on n'est pas.

Louis XIV

Avant-propos

POURQUOI « LA DANSEUSE ET LE ROI » ?

Le Roi-Soleil.

Cette image colle, si j'ose dire, à la peau de Louis XIV. Elle est tellement éblouissante qu'elle a souvent laissé dans l'ombre la face humaine d'un des plus grands rois de France ; on l'imagine la plupart du temps à la fin de son règne, quasi momifié dans le décor glorieux de ce Versailles construit par lui et pour lui.

Pourtant, Louis Dieudonné[1], Roi de France et de Navarre (1638-1715), a été jeune et plein de vie ou d'envies. Ce garçon très physique, à la santé de fer, donc infatigable, aime le grand air, l'équitation et la chasse.

Il se passionne aussi pour la Danse.

Ce n'est pas anodin.

1. La naissance du futur Louis XIV fut tellement attendue qu'on le baptisa « Dieudonné ».

Avant lui, son père, Louis XIII, a été musicien et danseur ; il a chorégraphié plusieurs ballets. Il est mort trop tôt, en 1643, pour pouvoir faire danser son fils – qui n'a pas encore cinq ans –, mais, en marchant ensuite sur ses traces, celui-ci le retrouve-t-il sans doute confusément. La Danse est donc beaucoup plus qu'un exercice pour Louis XIV...

Aussi est-ce en amoureux de cet art que j'ai voulu le montrer, bien loin de son image habituelle et à une époque où le palais de Versailles tel que nous le connaissons est encore un modeste pavillon de chasse. Le Roi, à l'aube de son règne, n'est pas ancré dans ce lieu (ni dans un autre), il a la bougeotte et parcourt son royaume.

Je lui fais rencontrer une baladine.

Si la Danse est, pour lui, affirmation de son excellence et de son pouvoir, la Danse représente pour elle une véritable libération. Malgré leurs motivations différentes, la Danse devient leur point de rencontre, même si, en dehors d'elle, tout les sépare. Mais il arrive qu'on puisse escalader l'arc-en-ciel et, un petit instant, approcher le Soleil...

A-M. Pol

Un souvenir...

Paris, le 15ᵉ de janvier 1653

Ce jour-là, Anne des Jonchères fête ses huit ans.

— En cadeau d'anniversaire, lui annonce son père, tôt le matin, je t'emmène voir le Roi.

De joie, elle commence à dansoter dans la chambre en chantonnant :

Louis Dieudonné le Quatorzième,
Roy de France et de Navarre
Dieu nous l'a donné
Qu'il nous le garde long temps !

Son père l'observe.

Elle cesse de tournicoter pour demander :

— Je danse aussi bien que Maman dansait, hein ?

La petiote évoque souvent sa mère, morte en la mettant au monde.

— Tu danses presque aussi bien, ma fille, répond-il avec effort.

Il sourit. Et une quinte de toux le casse en deux. Lorsqu'il se redresse, Anne se hisse sur la pointe des pieds pour caresser sa joue pâle, soudain tachée de rouge.

*

Ils sortent du logis.

Le froid est glacial. Anne souffre vite de l'onglée ; cependant, soufflant sur ses doigts, elle le supporte, puisqu'il s'agit de voir le Roi.

— Il a quatorze ans et quelques mois, précise Papa.

Elle remarque :

— Le Roi est déjà grand, alors.

Anne regrette un peu qu'ils n'aient pas le même âge.

Et l'on entend battre des tambours quelque part, derrière les maisons serrées le long des rues étroites, parce que, à cet instant, *Il* sort du Louvre, son palais.

Jan des Jonchères et sa fille courent en direction de Saint-Germain-l'Auxerrois, la paroisse du Roi. Le Louvre n'ayant point de chapelle, il y vient entendre la messe chaque jour. Tous les Parisiens le savent. La foule s'agglutine déjà autour de l'église[1].

Jan des Jonchères juche sa fille sur ses épaules.

Les tambours se rapprochent. Anne frissonne à leur implacable fracas. Derrière eux se presse une nombreuse troupe de soldats et des seigneurs à cheval ; ils font la haie à une chaise à porteurs rutilant d'or.

Les badauds la désignent du doigt.

— *Il* est dedans ! glapit une mendiante enguenillée, un nourrisson sur le dos.

Pour la forcer à s'écarter, un homme botté fait claquer son fouet devant elle ; le bonnet de travers, elle recule, trébuchant dans la boue. Des sergents entrent au même moment à l'intérieur du sanctuaire : ils en éjectent les intrus.

Au-dessus des têtes, les cloches sonnent à assourdir.

Les yeux écarquillés, Anne fixe la chaise dorée.

Le Roi...

Les Cent-Suisses chargés de sa protection se placent en formation devant le bâtiment. Deux ou trois chiens curieux qui vont et viennent, ballottant de la queue, sont refoulés à grands claquements

1. Voir le témoignage de l'abbé Locatelli, cité par Philippe Beaussant dans son ouvrage, *Le Roi-Soleil se lève aussi*, Gallimard, 2000.

par l'homme au fouet, le « chasse-chiens » de la paroisse.

Les porteurs déposent alors la chaise sur le pavé, un serviteur ouvre le battant et apparaît un garçon si majestueux que nul n'en peut douter.

C'est *Lui.*

Un chapeau emplumé de blanc à l'aile relevée par une rose de brillants découvre son visage mat où brillent des yeux sombres ou clairs ? Anne ne sait trop.

Le souverain salue ses sujets en inclinant la tête. Ses longs cheveux châtains, dont les pointes gardent encore la blondeur de l'enfance, bouclent sur le velours noir de son pourpoint.

« Qu'il est beau ! » pense-t-elle.

Et Anne crie à pleins poumons :

— Vive le Roi !

Les badauds reprennent aussitôt cette clameur, mais Louis se tourne vers celle qui, la première, l'a lancée et, se découvrant comme devant princesse, il lui sourit.

Elle en reste bouche bée.

À cet instant, un rayon de soleil vient frapper la broche du couvre-chef royal et éblouit la petiote ; elle ferme les yeux. Quand elle les rouvre, le Roi est entré dans l'église...

*

Ce souvenir ne quitta jamais Anne.

Quand, deux ans plus tard, Jan des Jonchères mourut, quand un grand-père inconnu vint la chercher pour l'emmener loin, très loin de Paris, au Sud, l'image rayonnante du Roi fut pour elle réconfort et consolation.

« Je *le* reverrai... » pensait-elle.

Sa certitude lui donnait du courage.

Première partie

LA DANSE D'IRIS

La sagesse veut qu'en certaines rencontres, on donne beaucoup au hasard : la raison elle-même conseille alors de suivre je ne sais quels mouvements ou instincts aveugles au-dessus de la raison, et qui semblent venir du ciel...

Louis XIV

Chapitre 1

Celui qu'on attend

Orgon (Provence)
Le 10e de janvier 1660

Le Roi.

Il est en route. Il va venir. Il vient.

Depuis qu'à l'aube, un messager à cheval a franchi les portes du bourg puis grimpé ses ruelles haut perchées pour y brailler la nouvelle, Anne ne peut penser à autre chose.

Le Roi.

« Il sera ici dans cinq jours... »

L'émotion met du rose aux joues de la jeune fille, écarquille ses yeux d'un bleu aussi sombre que pétale d'iris, et entrouvre sa bouche rouge, craquelée par l'hiver.

Le Roi...

Louis le Quatorzième a fait son entrée dans la ville d'Arles au surlendemain de l'Épiphanie[1] ; des

1. La Fête des Rois qui, dans le calendrier chrétien, avait lieu le 6 janvier.

troubles agitaient la province et la royale visite les a peu ou prou apaisés. Maintenant, accompagné de sa mère, Anne d'Autriche, de son ministre et parrain, le cardinal Mazarin, ainsi que des princes, ducs, maréchaux et belles dames de sa Cour (plus de quinze mille personnes, dit-on*), il parcourt la Provence* en une grande cavalcade de carrosses, de litières et de chevaux.

On l'accueille ici, on l'ovationne là, on le fête plus loin !

Sur son passage, les cloches des églises sonnent à toute volée ; le mistral d'hiver emporte aux quatre points cardinaux leurs voix graves ou cristallines.

L'écho répète après elles : Roi... Roi... Roi...

Un mot si beau, n'est-ce pas ? Sonore et doux à la fois !

Anne aime à le prononcer, comme s'il s'agissait de formule mystérieuse ou magique.

— Le Roi...

— De grâce, *chatouno*[1], la rembarre son grand-père, Maître Ambroise des Jonchères, le notaire d'Orgon, n'en badez[2] point à l'avance !

Vêtu de noir, massif, le teint rouge, il est assis face à elle pour le déjeuner[3] à la longue table de la cuisine.

1. « Fillette », en provençal.

2. « Bader », expression du sud de la France qui signifie rester la bouche ouverte d'admiration.

3. Pris le matin, le déjeuner correspondait au petit déjeuner actuel.

Anne baisse la tête.

« Si on ne peut bader devant le Roi, devant qui badera-t-on ? »

Dans la pénombre à peine éclairée par les flammes de l'âtre, le vieil homme ne voit plus que le bonnet blanc de la jeune fille d'où s'échappent quelques frisons de ses cheveux blonds tressés en deux grosses nattes.

Il y a un silence.

On entend seulement le cliquetis du tisonnier remué par la vieille Vivette qui attise le feu sous la marmite où gargouille le bouillon de légumes. Lorsqu'une bûche s'enflamme, la cuisine s'éclaire soudain ; le visage fermé d'Anne n'échappe plus à Maître Ambroise.

— Avalez donc votre potage, au lieu de bouder ! s'emporte-t-il.

— Je ne boude, *paire*[1], mais...

Elle relève le nez, s'apprête à parler... et puis non ! Puisqu'il la rudoie, elle ne dira rien ! Elle ne lui racontera pas son souvenir et, partant, ne révélera pas la coïncidence étonnante dont elle s'est rendu compte : pour son huitième anniversaire, elle vit le Roi et elle le reverra le jour même où elle aura quinze ans...

Quel troublant privilège !

1. « Père », en provençal.

Au quinzième anniversaire des princesses, dans les contes de fées, il survient toujours un événement extraordinaire, or Anne des Jonchères, simple petite-fille de notaire, a droit à la même faveur du Destin. Cette idée la chamboule d'allégresse ou bien l'effraie, Anne ne sait trop. En tout cas, elle en a l'appétit coupé.

— Mangez, que diable ! insiste Maître Ambroise.

— Je n'ai pas faim.

— Forcez-vous, *moun Diéu,* vous êtes plus maigre qu'une pointe !

— Pardon, *paire,* proteste-t-elle, je suis mince.

Il grommelle :

— Votre père aussi l'était, « mince », et il a péri pulmonique[1].

La voix du vieil homme se casse. Il se tait. Anne n'ajoute rien. Ils partagent même peine et, à cette minute, elle a pitié de lui. Mais il se reprend vite :

— Maigre ou mince, c'est tout pareil, gronde-t-il. Et je vous le prédis, si vous n'engraissez pas, vous ne trouverez jamais de mari !

— Je n'en cherche pas ! ose-t-elle riposter.

— Il vaut mieux, *chatouno,* car cela m'incombe*.

En effet, ce sont les pères qui choisissent les époux de leurs filles mais, à quinze ans, elle a le

1. On appelait ainsi les tuberculeux.

temps de voir venir, non ? D'ailleurs, en vérité, elle espère ne rien voir venir du tout ! Elle n'a aucune envie de se marier, pour le moment. Aussi, renonçant à discuter, Anne avale-t-elle sa soupe.

Que faire d'autre ?

La femme est inférieure à l'homme et, par conséquent, obligée de lui obéir. Cette vérité est écrite noir sur blanc dans l'Ancien Testament[1] ; la jeune fille doit s'y conformer, comme tout chrétien s'y conforme.

Pendant une minute, elle en oublie le Roi.

Entre deux cuillerées, elle jette un coup d'œil à Maître Ambroise qui, les yeux mi-clos, l'observe... avec tendresse ou agacement ? Elle l'ignore et son ignorance la met, une fois encore, face à ce qu'elle est : une orpheline recueillie par devoir.

À la voix de Maître Ambroise, elle tressaille.

— La venue de *Louïs*[2] nous fait grand honneur, remarque-t-il. Sa Majesté mérite un bel accueil.

— Avec des feux de Bengale, *paire* ?

La jeune fille en a vu à Paris, autrefois, leurs flammes roses l'ont enchantée. Alors, comme si les fumées exhalées par ces feux venus d'ailleurs lui picotaient encore les paupières, elle a des larmes au bout des cils...

1. Une partie de la Bible.
2. « Louis », en provençal.

— Des feux de Bengale ? se gausse le notaire. *Moun Diou,* vous avez la folie des grandeurs, *chatouno,* des feux « tout court » suffiront !

Il ajoute plus bas :

— Évitons d'être trop dispendieux, à Orgon, car Sa Majesté nous croirait riches ! Or, ce serait royale idée qu'elle allégeât nos impôts comme cadeau de visite[1]...

Il se tait, réfléchissant à la question.

— Et nous ? souffle Anne, lui en ferons-nous un, de cadeau ?

Elle voudrait offrir au Roi ce qu'il existe de plus joli sur la terre provençale, un agnelet blanc neige, un panier de lavande, ou un lourd galet de la Durance, mais elle n'ose pas le dire.

D'ailleurs, Maître Ambroise hausse les épaules.

— *Peuchère,* dit-il, vous avez décidément des idées incongrues ! Que donner à celui qui, placé au-dessus de tous par la Providence, possède déjà tout, hé ? Rien ne sera jamais digne de lui.

La jeune fille se mordille les lèvres, puis souffle :

— Je sais, moi, ce qui serait digne d'un roi...

En effet, il existe un présent sans prix, un présent insaisissable et éphémère...

Il réjouit le Pauvre comme le Riche.

1. Lors de son voyage, le roi Louis XIV allégea effectivement les impôts de la ville d'Orgon.

— ... Et c'est une belle danse à regarder ! murmure Anne.

Ses joues brûlent ; elle baisse les yeux.

« Danser pour le Roi, voilà ce que je voudrais... »

Et il l'admirerait...

Ou du moins la considérerait-il avec bienveillance ?

Le fracas du heurtoir interrompt la rêverie d'Anne.

À coups redoublés, quelqu'un frappe à la porte cochère.

Chapitre 2

La danse oubliée

Maître Ambroise se lève lourdement :

— Qui vient nous déranger de si bon matin ?

Il l'apprend sur-le-champ, le valet ayant déjà ouvert le battant sur la rue.

— Annonce-moi à ton maître, mon garçon, ordonne une voix féminine qui retentit, aiguë, jusqu'à la cuisine.

— *Moun Diéu,* Dame Parthénie... ! s'exclame le notaire.

Là-dessus, cahin-caha, car à soixante et dix ans, sa hanche le tarabuste, il va accueillir la visiteuse. Anne le suit sans lui en demander la permission, comme le voudraient les convenances.

Dame Parthénie est une Parisienne exilée à Orgon, elle aussi. La voir, l'écouter discourir ou égrener ses souvenirs, enchante la jeune fille ; elle a l'impression de se retrouver par tour de magie dans la Capitale...

*

Anne entre dans le vestibule à l'instant où, le notaire s'étant incliné devant elle, la grosse dame repousse par-dessus son épaule ses voiles de veuve et ôte son masque de velours[1].

— Ouf !

Même si, à cette heure-ci, l'astre du jour point à peine, Dame Parthénie Cabret de l'Espine veille à protéger son teint. Quoique âgée d'un demi-siècle, elle est restée coquette. Il ne manquerait plus, Dieu garde, que son blanc visage se burinât laidement comme celui d'une quelconque servante exposée, peau nue, aux rayons !

Tendant le précieux bout de tissu à la sienne :

— Tiens, *Babèu*[2], lui dit-elle, garde donc pardevers toi mon petit protecteur !

Babèu – une brunette efflanquée à l'œil chafouin – s'en empare tandis qu'Anne esquisse une révérence devant la visiteuse :

— Le bon jour, Madame.

— Il l'est déjà, mon enfant, répond avec éclat Dame Parthénie, puisque son aurore nous apporta si magnifique nouvelle !

1. Les masques (qui servaient autant à protéger la peau qu'à circuler incognito) étaient généralement attachés aux oreilles par un fil de métal appelé « canetille ».

2. « Babette », en provençal.

Là-dessus, les yeux levés au plafond, elle s'écrie, joignant ses mains grassouillettes :

— Ô Cieux, la Fortune me sourirait-elle à nouveau ?

— Je ne sais, balbutie la jeune fille.

— Mais moi, je le sens, je le pressens, je le subodore !

S'adressant alors au notaire, Dame Parthénie ajoute :

— Aussi, suite à ce pressentiment, suis-je venue dès potron-minet réclamer votre assistance, mon ami, car vous allez m'aider !

— À quoi, Madame ?

— À faire la paix avec le Roi, parbleu !

Maître Ambroise sourit jaune et Anne retient sa respiration. Elle ne doute de rien, Dame Parthénie !

— Naguère, reprend-elle, je partis en guerre contre lui, vous le savez...

— Certes.

Elle a dévidé dix fois son histoire belliqueuse au notaire et à sa petite-fille, mais une onzième version lui paraissant indispensable, Dame Parthénie poursuit :

— Lors de cette Fronde* qui fit tant de mal à chacun, je pris le parti des Princes. J'étais fidèle à Madame de Longueville, la divine Ligdamire*. Hélas, ce fut mauvaise pioche ! Ayant vaincu ses adversaires, Sa Majesté m'exila sur les terres de mon feu époux, ici, à Orgon, l'horrible punition !

L'ancienne frondeuse laisse échapper un soupir à éteindre d'un coup dix chandelles, puis exulte tout aussitôt :

— Enfin, le soleil se lève, autrement dit, le Roi nous visite et j'irai repentante me jeter à ses genoux : il m'autorisera à rentrer à Paris !

La jeune fille s'alarme :

— Ainsi, vous partiriez d'ici ?

— Oui-da, mon enfant, tête première !

Cette réponse a de quoi sabouler Anne.

Depuis son arrivée à Orgon, Dame Parthénie l'a prise en amitié ; sous son aile, elle s'est perfectionnée en lecture, écriture et, surtout, en danse, le plus important pour une jeune fille bien née*.

Mais voilà qu'elles pourraient se quitter ! Oh ! L'étrange journée qui apporte belle surprise, d'une main, et vilaine de l'autre. De quoi sourire et pleurer à la fois...

D'un geste furtif, Anne s'essuie la joue.

— « Tête première » tout de bon ? intervient alors le notaire. Vous n'en êtes pas encore là, Madame ! Sa Majesté vous pardonnera-t-elle ? Votre acte de soumission n'y suffira peut-être pas.

Dame Parthénie rétorque avec un sourire rusé :

— Aussi l'assortirai-je d'une botte secrète !

— Laquelle ?

— La Danse !

Ça alors ! Leurs idées coïncident. Anne en reste ébahie.

— Notre Roi est enragé à danser, s'enflamme l'ancienne frondeuse, du reste, il y réussit mieux que personne ! Tout enfant, il apprenait déjà le *fleuret*[1], la *buelta* à l'Espagnole, la *capriole* et...

— Allez-vous donc « baler[2] » devant lui, Madame ? l'interrompt Maître Ambroise.

Elle s'offusque :

— Voyons, mon bon ami, je n'ai plus l'âge de « trépiner[3] » sous les yeux d'un homme, encore moins lorsqu'il s'agit d'un monarque ! Me prendriez-vous pour une buse, par hasard ?

Le notaire évite la question (et sa réponse).

— Revenons à nos moutons, Madame ! s'impatiente-t-il. Quelle aide attendez-vous de moi, au juste ?

Oubliant son accès de mauvaise humeur, Dame Parthénie attrape Anne par la main :

— J'ai besoin que vous me prêtiez votre petite-fille.

— Et qu'en voulez-vous faire ?

— Mon ambassadrice.

1. Il ne s'agit pas de l'arme utilisée en escrime, mais de l'ancêtre du « pas de bourrée » actuel, en danse classique.

2. « Baler » signifiait « danser », d'où le mot « baladin ».

3. Vieux mot pour « danser ».

Stupéfaite, Anne laisse échapper un petit cri. Maître Ambroise, lui, tombe des nues.

— Qu'est-ce à dire ?

— Elle me représentera et elle balera à ma place. Mon maître à danser qui, le très fidèle, me suivit en exil, va l'exercer.

Anne intervient, la voix étranglée :

— Il m'a déjà donné de nombreuses leçons.

Si son grand-père lui a toujours interdit de se mêler aux farandoles des gars et filles du bourg – afin qu'elle ne fraie point avec cueilleurs d'olives ou lieuses de gerbes –, il a accepté qu'elle apprenne à danser comme toute Demoiselle de bonne famille...

N'est-ce pas une chance ?

Soudain, la tête de la jeune fille tourne tel un toton. Glisser, ployer, danser, en un mot, devant le Roi...

« Est-il possible que mon souhait se réalise ? »

Il ne l'est pas encore.

Le notaire a repris ses esprits.

— Voir ma petite-fille s'exhiber comme une fille de théâtre, grommelle-t-il, me contrarie.

Dame Parthénie opine du bonnet.

Chacun sait dans le pays que Jan des Jonchères, le fils du notaire, quitta Orgon aux trousses d'une troupe de comédiens ambulants, pour les beaux yeux d'une actrice...

Et l'exilée comprend la réticence du vieil homme.

Mais on ne va pas en rester là !

Ayant observé une décente minute de silence, Dame Parthénie se récrie :

— Voyons, mon bon ami, danser devant le Roi n'a rien à voir avec le théâtre, il s'agit d'un privilège ! Anne le partagera avec les jeunes filles de la Cour qui, à Paris, sont fort honorées de participer aux ballets de Sa Majesté... excusez du peu !

L'argument semble porter.

— Dans ce cas... marmonne le notaire.

Hélas, il n'est pas encore convaincu.

— Êtes-vous sûre, Madame, objecte-t-il, que les grâces maladroites d'une *chatouno* maigrichonne parviendront à attendrir le Roi et, ce faisant, à vous sauver ?

— Parbleu !

Dame Parthénie renchérit :

— Malgré son amour de l'an dernier pour cette moricaude de Marie Mancini[1], Louis a toujours préféré les blondes[2]...

Anne vire à l'écarlate ; n'est-il pas flatteur de posséder la couleur de chevelure qui plaît à Sa Majesté ?

— Brune ou blonde, qu'importe du reste ? continue Dame Parthénie. Le Roi sera *forcément*

1. Cette jeune fille était une nièce de Mazarin. À l'âge de vingt ans, Louis XIV en fut si amoureux qu'il songea à l'épouser.

2. Historique.

attendri par votre petite-fille, Maître Ambroise, car elle balera la *Danse d'Iris*...

Sur ces mots, l'ancienne frondeuse se tait ; le regard brouillé, elle semble être ailleurs, dans le passé, si ça se trouve ?

Le notaire la ramène sur-le-champ au présent :

— Pour quelle raison, s'exclame-t-il, la danse de cette Iris aurait-elle le pouvoir de charmer notre souverain, hé, Madame ?

— Parce que c'est la dernière chaconne[1] qu'inventa Louis XIII*, musicien et baladin à ses heures !

Maître Ambroise en reste pantois.

— Et apprenez, mon bon ami, lui révèle Dame Parthénie, que notre Roi chérit tous les souvenirs de son papa !

Ainsi un roi peut se sentir orphelin et réagir comme tous les orphelins du monde ? Anne ne l'aurait jamais imaginé. La gorge brusquement nouée, elle a pitié de ce petit garçon qui vit si tôt périr son père...

— Vous êtes bien renseignée, Madame ! remarque Maître Ambroise.

Son interlocutrice se rengorge :

— J'eus naguère mes entrées au Louvre[2], dois-je vous le rappeler ? J'y ai gardé quelques amitiés qui,

1. Danse à trois temps.

2. Le palais du Louvre était la résidence du Roi lorsque celui-ci se trouvait à Paris.

par courrier, me font assavoir les bruits de la Cour. Cela me permet de ne point tourner à la « pecque provinciale[1] », Dieu garde !

Sur cette invocation, Dame Parthénie revient dare-dare à la *Danse d'Iris* :

— Elle n'est plus pratiquée à la Cour, aussi imaginez la surprise de Sa Majesté quand on lui révélera d'où vient cette chaconne.

Le notaire réfléchit, dubitatif. Anne se retient de respirer.

— Oui-da, vous avez raison, Madame, finit-il par admettre. La surprise du Roi le rendra sûrement magnanime à votre égard et je m'en voudrais de vous priver d'une telle « botte secrète » !

Incrédule, la jeune fille bredouille :

— Ainsi, vous acceptez que je danse, seigneur *paire* ?

Il acquiesce, la mine sombre ; elle se précipite pour lui baiser la main.

La *Danse d'Iris*...

Avant d'en aimer les pas, Anne aime déjà le nom de cette danse, et elle le répète à mi-voix...

1. Expression de Molière ; le mot « pecque » est d'origine provençale.

Chapitre 3

Messagère des dieux

« La *Danse d'Iris...* »

— Il vous faut l'apprendre sur-le-champ, mon enfant ! s'exclame Dame Parthénie.

Elle remet promptement son masque. Il n'y a plus un instant à perdre !

— En moins de cinq jours, ajoute-t-elle, vous devez presque baler comme véritable baladine et dur labeur vous attend, je vous le dis.

— Il ne me fait pas peur, Madame.

— Dans ce cas, allons !

Et le notaire y ayant consenti, Dame Parthénie emmène Anne avec elle, à la maison l'Espine, sur la colline.

*

Dehors, le vent souffle si fort qu'il n'y a pas un nuage.

Alourdie par sa mante de grosse laine, tenant son bonnet d'une main et sa jupe de l'autre – pour qu'ils ne s'envolent point –, Anne gravit le raidillon aux trousses de la dame, juchée sur Perlette, son ânesse, tirée au bout d'une longe par Babèu. Les sabots de la servante claquent sur les cailloux ou crissent sur les traînées de gel.

« L'on dirait d'une musique joyeuse... »

... Qui donne à Anne déjà envie de danser !

En vérité, la joie chamboule la jeune fille ; si elle s'écoutait, elle en crierait.

Tout est tellement beau, aujourd'hui...

Le ciel est bleu paradis au-dessus de la garrigue jaune et verte où les blancs rochers déchiquetés font une couronne. Là-haut, sur le promontoire, les ruines presque neuves du château du duc de Guise* ressemblent aux ossements d'un géant abattu. Et quand le vent reprend son souffle, un instant, on entend la Durance courir sur les cailloux, au bas des remparts encerclant le bourg...

« Le Roi trouvera-t-il qu'Orgon est joli pays ? »

Anne le souhaite.

Ce serait une façon pour lui de l'aimer un peu sans le savoir, elle aussi, puisqu'elle fait partie du paysage, après tout, comme une fleur poussée là...

*

Flanquée d'une tour, la maison l'Espine est campée au cœur d'un domaine broussailleux qui grimpe en terrasses jusqu'à l'oratoire de Beauregard, au sommet de la colline ; un mur d'enceinte le borne et l'encercle où s'ouvre une poterne.

Avant de la franchir, Dame Parthénie s'écrie :

— Ô joie, je m'en vais bientôt quitter ce sauvage repaire !

— Cela me fait grande peine, murmure Anne.

Moins que tout à l'heure, à vrai dire ; l'idée de la *Danse d'Iris* la console un peu, un tout petit peu...

*

À l'intérieur de la maison, il fait froid, mais une fois montée avec Dame Parthénie dans sa chambre, au premier étage, Anne se réchauffe. Des brandons brûlent au fond d'une « brasière[1] » de cuivre, apportant une légère tiédeur à la pièce ; un lit aux rideaux de velours prune y trône.

La jeune fille aime venir ici ; elle admire cette « ruelle[2] », si élégamment meublée à la parisienne avec un prie-Dieu en bois doré, une table

1. Ce mot a été supplanté plus tard par « brasero », emprunté à l'espagnol, selon le Robert, *Dictionnaire historique de la Langue française.*

2. Alcôve ou chambre où une dame recevait ses amis.

encombrée de livres empilés, des sièges aux pieds torsadés et, le beau du beau, une glace de Venise, où l'on se reflète de la tête aux pieds, un objet rare ; Anne y jette un coup d'œil furtif.

Chez son grand-père, on se regarde dans un miroir d'étain et l'on se voit tout brouillé. Mais ici... Oh ! la drôle d'impression... La vision de soi-même est si nette que cela devient presque gênant. La jeune fille détourne les yeux.

— Venez, mon enfant, lui enjoint la maîtresse des lieux.

Elle se dirige vers un coffre adossé contre le mur, manipule son loquet, puis soulève son couvercle.

— Tout mon passé parisien, chuchote-t-elle, se trouve enfermé dans ce réceptacle aux souvenirs.

Tendant le cou, Anne aperçoit des hardes empilées ; il s'en échappe un parfum de rose séchée, celui d'un autre temps.

Dame Parthénie, pliée en deux pour farfouiller parmi ces vestiges fanés, exhume une robe de soie violette à corsage baleiné, large collerette de dentelles et grandes manches.

— Je portais ce costume à votre âge, figurez-vous, l'année où j'épousai le vidame de l'Espine. Voyez combien j'étais svelte...

Au vu du corps replet de la dame, difficile de l'imaginer ! La triste chose qu'au fil des années gracieux moineau se mue en poule grasse, n'est-ce pas ?

Là-dessus, elle ordonne à la jeune fille :

— Quittez votre mante et ôtez votre coiffe.

Anne obéit incontinent.

— Si ce costume vous va, échafaude Dame Parthénie, je le ferai rajeunir par Babèu, bonne couturière à ses heures. Maintenant, mettez-le contre vous...

Anne y étant parvenue tant bien que mal, son hôtesse la pousse devant le miroir.

— Quel sera, glousse-t-elle, le verdict du « Conseiller des grâces » ?

Et la jeune fille doit affronter son image.

Derrière les flots de soie recouvrant ses habits de tous les jours, elle ne reconnaît plus la « *chatouno* maigrichonne » dont parle son grand-père ; le violet s'accorde aux yeux d'Anne et souligne la blondeur de ses cheveux.

— Vous avez déjà l'air d'une déesse ! s'emballe Dame Parthénie.

— Iris en est donc une ?

— Parbleu, il s'agit de la Messagère des dieux, petite ignorante !

Anne rougit.

Repartie au coffre, la dame en sort un rouleau de fin tissu rosâtre.

— Regardez, voici une mousseline[1] venue d'Arabie...

D'un revers de poignet, elle la déplie, l'envoie voltiger à droite, à gauche, ou l'agite en tourbillons et, l'étrange miracle, la couleur indécise de ce chiffon transparent se diapre de mauve, de rouge, de violet ou de bouton-d'or...

— Les couleurs de l'arc-en-ciel !

— On l'appelle aussi l'« Écharpe d'Iris », figurez-vous ! En effet, selon la mythologie*, ce phénomène céleste serait l'écharpe de « notre » déesse...

— ... Qui la laisserait flotter ?

— Oui-da. Lorsqu'elle descend de l'Olympe pour délivrer un message aux hommes !

Alors, un brusque accès de panique coupe les jambes d'Anne.

Elle doit s'appuyer à la table pour ne point choir. Ne serait-ce pas folie ou présomption que danser une déesse devant le Roi ? Il la trouvera peut-être ridicule, maladroite ou, pire, « pecque provinciale » selon l'expression de Dame Parthénie...

— Au travail ! décrète celle-ci.

Prenant une clochette d'argent posée à portée de main, elle la secoue avec énergie ; Babeù entre sur-le-champ, à croire qu'elle était collée au battant.

1. La mousseline est originaire de Mossoul, d'où son nom ; cette ville se trouve actuellement en Irak.

— Va chercher Desroses, ma fille, lui ordonne sa maîtresse. Nous avons un pressant besoin de musique !

Un instant plus tard, un vieux petit bonhomme aux grisâtres cheveux plats et à la moustache démodée, se présente avec son violon[1].

Anne sourit au maître à danser ; le peu qu'elle sait de la Danse, elle le lui doit.

Il esquisse une élégante courbette.

— Le bon jour, Demoiselle.

Elle répond par une révérence. Alors, calant l'instrument sous son menton, il en tire un joyeux prélude.

Et la jeune fille oublie toute peur.

La *Danse d'Iris* n'appartient plus au passé, elle va devenir la sienne.

Anne va lui rendre vie.

1. À l'époque, un maître à danser était à la fois musicien et danseur.

Chapitre 4

Une leçon de Danse, et après...

Mais...

— Une vraie baladine ne peut danser en souliers plats* ! s'offusque Dame Parthénie.

Elle cingle vers son coffre.

Tandis que s'étant arrêté de jouer, le maître à danser resserre les chevilles de son violon, elle fourrage avec fièvre parmi ses oripeaux. Elle en ressort une paire d'escarpins d'argent à talons.

— Tenez, mon enfant, mettez-les, dit-elle à Anne, ils vous iront. À votre âge, j'avais le pied aussi petit que le vôtre.

Une fois chaussée, Anne fait deux pas à droite, deux autres à gauche ; elle se sent tout autre, ainsi perchée, danseuse, dame de la Cour, ou Iris... peut-être ?

Avec un ris étonné, la jeune fille tourne sur elle-même...

À l'observer, le baladin apprécie en artiste son port de tête, son cou fragile et la finesse de son poignet lorsqu'elle attrape un pan de sa jupe.

— Vous qui étiez un « chat écorché », Demoiselle, il y a six mois, déclare-t-il sans ambages, je vous vois devenue fort élégante jouvencelle, par ma foi !

Dame Parthénie affirme :

— Et soyez tranquille, Desroses, je gage qu'elle balera proprement.

— Je m'y appliquerai, souffle Anne.

Elle aime tellement la Danse...

Le mot « Danse » lui fait battre le cœur presque aussi fort que le mot « Roi », et il la console tout autant.

— Cela dit, vous ne jouerez point partie facile, Demoiselle, l'avertit le vieux baladin.

Là-dessus, il s'adresse à sa patronne :

— Si jamais votre protégée ressemblait à un canard boiteux au lieu d'avoir la grâce d'un cygne, le Roi en sera plus irrité que conquis car il est grand connaisseur du beau et du laid de la danse.

— Nous le savons, Desroses, nous le savons !

Dame Parthénie ajoute :

— Notre Roi est plus qu'un connaisseur, figurez-vous, mon bon, il est lui-même artiste puisqu'il danse en public.

— Et l'on raconte grand bien de sa danse !

Le sang de l'ancienne frondeuse lui monte aux joues.

— Aussi quand je pense, s'emporte-t-elle, que je croupissais déjà céans, dans ce trou affreux d'Orgon, lorsque notre Louis monta à quinze ans sur la scène du Petit Bourbon, à Paris, pour y danser le *Ballet de la Nuit**, j'enrage de ne l'avoir pu voir, oui-da, j'enrage à périr !

Anne murmure :

— Combien j'aurais aimé l'admirer, moi aussi...

— En l'occasion qui nous occupe, Demoiselle, remarque Desroses, ce sera à Sa Majesté de vous applaudir !

Cette évidence frappe Anne en plein cœur.

— Je ferai de mon mieux, Maître, promet-elle, la voix tremblante.

— Dans ce cas, allons !

*

Va-t-il, d'emblée, lui enseigner ces pas d'Iris que Dame Parthénie se remémore, présentement, en les « marquant[1] » devant le miroir ?

Que nenni !

1. « Marquer » un pas ou un enchaînement, en danse, est en exécuter le déroulement technique sans le danser pour de bon.

— Nous commencerons, annonce le baladin, par les exercices habituels d'échauffement, nécessaires aux muscles, tendons et os.

— Bien, Maître.

— Comme vous le savez, cette progression permettra à vos jambes de s'habituer à l'effort demandé.

Certes, mais Anne aimerait se jeter directement dans la *Danse d'Iris*, en vérité, tel celui qui plonge dans un bassin. Pourtant, refrénant son impatience, elle obéit au geste de Maître Desroses qui lui désigne la table ; elle s'y appuie d'une main[1].

— Comme d'habitude, Demoiselle, dit-il, vous allez d'abord « plier un peu », puis « plier un peu bas », enfin « plier à loisir* ».

Il lui sourit :

— On ne peut faire l'économie de ces mouvements techniques, même si l'on grille de danser pour de bon !

Anne hoche la tête.

— Le Roi, dit-on, claironne Dame Parthénie, s'adonne quotidiennement à ces exercices !

Le baladin renchérit :

— Parce qu'il sait que le talent vient du travail et du travail seulement.

Sur ces mots, il fait chanter son violon ; Anne le suit.

1. Il n'y avait pas de barre, à l'époque.

— Lorsque vous pliez les genoux, lui enjoint alors Desroses, n'amollissez point le haut, gardez-le « tenu », et faites pareil en remontant !

— Oui, Maître.

« Apprendre à bien plier et à se relever comme il faut est un des secrets de la Danse », a-t-il souvent seriné à son élève. Elle tâche de s'en souvenir.

— Veuillez hausser le col et arrondir le bras, Demoiselle !

Elle s'applique.

Le Roi s'applique de même, au même moment, si ça se trouve ? Et, soudain, Anne le sent tout près, comme s'il dansait avec elle...

*

Plus tard, après s'être bien « mise en jambes », selon l'expression de Desroses, Anne travaille enfin sans appui au milieu de la chambre.

Le baladin scande :

— « *Sissonne* », « *Contretemps* », « *assemblé** »...

Elle esquisse ces pas, les répète, les reprend, puis recommence, les joues rouges, le front embué de sueur.

— Vous êtes tout moi au même âge, jubile Dame Parthénie, j'étais aussi enragée à danser !

*

On fait cependant une pause.

Babèu apporte sur un plateau trois verres de vin sucré, accompagnés d'amandes et de figues sèches. Le temps de déguster ces petits remontants, puis on revient à la Danse.

— Prenez l'écharpe, Demoiselle ! décide le maître.

Anne frissonne.

La *Danse d'Iris*... l'on y est !

Desroses donne un coup d'archet avant d'annoncer :

— La musique de la *Danse d'Iris* est de Boesset[1] qui la composa pour le Roi Louis XIII.

Anne ne répond rien.

La bouche figée en un sourire factice, elle ne peut parler. Saura-t-elle danser « Iris » ? Cette question la fait trembler. Mais dès que la jeune fille a saisi le voile entre les doigts, elle se calme.

Il pèse à peine ; elle n'a pas trop de mal à le faire onduler au rythme de sa danse.

Il s'envole, aussi léger que nuage, et ses tourbillons arachnéens flottent ou ondoient autour d'elle. Il est l'arc-en-ciel même ; elle devient Iris.

Dame Parthénie s'en pâme.

— Quelles délices ! Cela s'appelle un ravissement mythologique.

1. Antoine Boesset (ou Boysset) (1586-1643), compositeur de musique de Cour et de ballets.

Flattée, Anne plane à cent coudées, lorsque le baladin remarque platement :

— Au cas où le pied manquerait à la Demoiselle, elle s'en tirera grâce à l'écharpe !

Anne revient sur terre.

L'on n'est jamais aussi bon danseur qu'on croit !

*

La répétition prend fin à onze heures.

Anne doit rentrer à la maison, Maître Ambroise l'attendant pour le dîner[1] ; et même si « ses » souliers d'époque lui ont « escaragné[2] » les orteils, elle les enlève à regret.

— Quel dommage d'arrêter !

— Il n'y a pas de quoi vous chagriner, Demoiselle, la console son professeur, car la Danse se travaille autant avec la tête qu'avec les jambes.

— Croyez-vous, Maître ? s'étonne Anne.

— Oui-da, par Terpsichore[3] ! Lorsque vos membres se délasseront, tantôt, ce que vous avez appris aujourd'hui infusera dans votre esprit à votre insu.

— Et demain vous balerez encore mieux ! conclut victorieusement Dame Parthénie.

1. Le repas de midi s'appelait le dîner.
2. Escaragner = écorcher.
3. La Muse de la Danse.

Anne lui sourit.

— Grand merci, Madame, dit-elle, avant de ployer en une révérence, grand merci, Maître.

Une minute plus tard, en remettant ses propres chaussures, elle s'aperçoit que ses bas sont tachés de rouge, ici et là.

— Bah ! remarque le vieil artiste, un peu de sang dans les souliers n'a jamais fait de mal aux baladines.

L'ancienne frondeuse, elle, s'affole :

— Ô Cieux, s'écrie-t-elle, si jamais ses « chers souffrants* » empêchaient notre Iris de danser le jour dit, hein ? Ce serait catastrophe majeure !

Alors, pour éviter à la jeune fille de se meurtrir les pieds derechef en dévalant le chemin, Dame Parthénie lui prête son ânesse et Babèu pour la conduire.

*

Luttant contre le vent, la petite servante, l'air maussade, tire sur la longe de Perlette ; descendre au bourg puis remonter à la maison l'Espine deux fois la journée ne doit pas lui plaire.

Anne n'ose pas engager la conversation.

D'ailleurs, le Mistral souffle trop fort pour qu'on s'entende : il emporterait les mots telles des feuilles mortes. Et brusquement, une rafale en apporte un ;

beau et rond comme un galet, il vient rouler devant les sabots de l'ânesse :

— *Bellooo...*

Qui l'a lancé à tue-tête ?

Surgi d'un buisson, à trois pas, c'est...

— ... *Lou Fada*[1] *!* hurle Babèu qui se baisse pour ramasser une pierre.

Ses cheveux poivre et sel ébouriffés, l'idiot, tout dépenaillé, la mâchoire pendante, fixe sur Anne un regard de chien aimant.

— *Bello,* répète-t-il.

Alors, Babèu lui jette le caillou, de toutes ses forces. Il le reçoit à la joue et détale en poussant des petits cris, vers son repaire, dans la broussaille.

— *Peuchère,* s'apitoie Anne.

La servante lui décoche un noir coup d'œil.

1. « L'idiot », en provençal.

Chapitre 5

Des coïncidences ou des signes ?

Quand, s'étant défaite de sa mante, Anne entre dans la salle, où se prend le repas de midi, Maître Ambroise, déjà assis à table, gronde :

— Enfin vous voilà, ma fille !

— Pardon, *paire,* s'excuse-t-elle sans trop savoir pourquoi.

Elle se précipite vers la fontaine[1] de cuivre accrochée au mur, tourne le robinet de son tonnelet et se lave vivement les mains au-dessus de la bassine ventrue ; l'eau s'y égoutte avec un bruit menu.

— J'ai à vous parler, Anne...

Les mains une fois séchées à une loque, elle vient s'asseoir à sa place.

Le notaire regarde la jeune fille bien en face.

1. Il n'y avait pas d'eau courante, à l'époque. Dans les maisons aisées, on installait un petit réservoir d'eau appelé « fontaine ».

— Je vous ai permis cette danse, attaque-t-il, par égard pour notre vieille amie, cependant je le regrette déjà.

Anne en a un coup au cœur.

— Vous allez donc danser devant le Roi ne m'en déplaise, continue Maître Ambroise, mais n'allez point vous « en croire » pour autant, hé ?

— *Noun, paire.*

— Et n'allez point imaginer dans la foulée que vos trois petits tours devant Sa Majesté vous permettront de vous faire remarquer, voire d'entrer à la Cour !

— Je ne l'imagine pas.

— Sait-on jamais ? soupire-t-il. Grâce à votre danse, vous pourriez échafauder de certaines chimères, tel votre pauvre père !

— Je n'y ai jamais songé, *paire.*

— Quand je pense qu'il partit « réussir à Paris », où il se contenta de mourir !

— Je n'y suis pour rien, *paire,* bredouille-t-elle.

— Non, mais vous êtes là, le résultat de ses folies, dirais-je !

Comme si elle était en faute, Anne baisse la tête.

— Et vous pourriez avoir l'idée de monter quelque jour sur un théâtre, par exemple !

— *Noun.*

— Après tout, insiste Maître Ambroise, étant fille de comédienne, vous pourriez vouloir imiter votre mère ?

Anne balbutie derechef :

— *Noun.*

— Adonc, écoutez-moi, *chatouno,* poursuit-il, votre Destin, sachez-le, ne se trouve ni à la Cour, ni sur scène, il est ici, à Orgon.

— *Si, paire.*

À vrai dire, Anne n'a jamais réfléchi à son « Destin », la Fortune (ou plutôt l'Infortune) s'en étant chargée à sa place. Mais ne sachant comment s'expliquer, la jeune fille se tait ; son grand-père lui a tout gâché. La joie de la Danse l'a quittée, il ne lui en reste que la fatigue et le mal aux pieds.

Là-dessus, on toque à la porte.

— *Intra*[1] *!* répond Maître Ambroise.

Un grand rouquin d'une vingtaine d'années se présente, une feuille de papier à la main.

— J'ai mis au propre le compliment au Roi que vous avez écrit ce matin, Maître Ambroise.

— *Fort beu, garçoun*[2]*,* donne-le-moi et prends place.

Carlet, le clerc du notaire qui dîne chaque jour avec eux, se met en bout de table, lorgnant furtivement vers Anne. Elle l'ignore. Les cils baissés, elle tâche de se rappeler, un à un, les pas de ce matin, une manière de se consoler.

1. « Entre ! », en provençal.
2. « Fort bien, garçon »

Le notaire, une fois ses bésicles récupérées au fond de sa poche, lit à mi-voix les premières lignes de la feuille :

— « Sire, c'est insigne honneur d'accueillir Votre Majesté en ce jour de grâce où Elle a l'immense bonté de s'arrêter à Orgon... »

Il s'interrompt pour s'adresser à la jeune fille ; elle sursaute.

— Figurez-vous, *chatouno*, dit-il, que j'ai été chargé par les habitants de recevoir le Roi à la Porte Sainte-Anne afin de lui remettre les clefs de notre ville, le quinzième de janvier.

Le Rouquin opine :

— Il ne pouvait y avoir meilleur choix !

En effet, Maître Ambroise est un des rares Orgonnais avec Monsieur le curé, le clerc du notaire ou le médecin, à parler français (les autres causant uniquement le provençal). Du coup, il déclame avec complaisance la suite de son compliment.

— « ... Vous trouverez chez nous des sujets aux cœurs loyaux qui seront à jamais les humbles serviteurs de Votre Grandeur... »

Une belle phrase, aussi élégante qu'un joli pas de danse !

Oubliant combien il vient de la peiner, Anne sourit à son grand-père.

— « ... Et je me fais le messager de tous, Sire, en souhaitant à Votre Majesté dans notre belle langue provençale : *Salut e longo maï*, portez-vous bien et pendant longtemps ! »

Là-dessus, Vivette entre avec un plat de fèves et de côtelettes.

Elle le pose au milieu de la table, auprès du cruchon de vin allongé d'eau. Les trois convives se relèvent pour réciter le bénédicité[1], puis le notaire remplit les écuelles, pendant que la vieille servante verse la boisson dans les timbales d'étain.

*

Anne avale deux ou trois cuillerées de légumes, avant d'attraper la viande du bout des doigts. Les hommes, eux, y vont à pleines mains ; les grosses pattes du clerc dégoulinent de graisse... fi ! La jeune fille évite de regarder de son côté.

— Achèterez-vous, un jour, des « fourchettes », *paire* ? demande-t-elle. Il y en a *une* chez Dame Parthénie...

— Quelle mijaurée vous faites ! se moque Maître Ambroise.

— ... Et ce petit outil m'a paru très commode !

— Que m'importe ? La fourchette du père Adam me convient, à moi !

1. Brève prière pour remercier Dieu du repas qu'on s'apprête à prendre.

Sur cette précision, le notaire empoigne une côtelette et la dévore ; après avoir sué sang et eau à la rédaction de son compliment, il a besoin de reprendre des forces !

— Le Roi, dit-on, refuse de manger à la fourchette[1], annonce alors le clerc.

Anne en reste coite.

— Vous voilà bien déconfite ! ironise son grand-père.

Suit un long silence. On n'entend plus que le bruit de mâchoires des deux hommes. Et, grignotant la grillure d'un os, Anne vit à l'avance la visite du Roi...

« Apparaîtra-t-il sur un cheval blanc, noir, ou pommelé ? Surgira-t-il d'un carrosse rutilant ? Descendra-t-il d'une chaise dorée, comme à Paris ? »

Et elle ravale une exclamation étonnée.

À force d'envisager l'événement, la jeune fille vient de se rendre compte d'étranges coïncidences :

« La mère du Roi se prénomme Anne... Le Roi va entrer dans la ville d'Orgon par la Porte Sainte-Anne... Et la "baladine" qui dansera pour lui s'appelle, elle aussi, Anne... »

N'est-ce pas extraordinaire ?

1. Authentique.

À y réfléchir, au lieu de coïncidences, il s'agit plutôt de signes du Destin...

Celui-ci a voulu que le Roi s'arrête à Orgon.

Pour quelle raison ?

Anne aimerait bien le deviner...

Chapitre 6

Le jour du Roi

Orgon,
Le 15e de janvier 1660

Ce n'est plus après-demain, ni demain… c'est aujourd'hui !

Le Roi.

Il arrive tout à l'heure !

Dès l'aube, les feux de joie crépitent devant le seuil de chaque demeure et, brassé par le vent, un parfum de sarment brûlé monte en volutes dans l'air glacé.

Anne n'a pas dormi de la nuit.

Elle se lève.

Sous ses pieds nus, les tommettes sont froides et, dans la chambre, il fait encore noir ; Anne cherche à tâtons ses chaussons de laine. D'ici qu'elle attrape un rhume de froidure ! Danser avec le nez coulant…

« Merci de ma vie[1] *! »*

Et la peur, d'un coup, fait cogner le cœur de la jeune fille.

Le Roi...

La Danse...

Soudain, montés de la rue, les reflets flamboyants des feux éclairent la chambre d'une clarté tressautante.

« Tout le monde est déjà dehors. »

Pour l'attendre, *lui* !

Les quatre jours passés à travailler la *Danse d'Iris* ont filé à la vitesse du vent et, maintenant, au matin du cinquième, Anne prend conscience que ça y est : elle va devoir se montrer pour de bon. Alors elle voudrait s'agripper aux basques du temps afin de le forcer à s'arrêter...

Il faut avancer avec lui, pourtant, elle le sait !

Elle va à la table de toilette, essaie de verser dans la cuvette un peu d'eau. Hélas, elle a gelé dans le broc. Anne doit renoncer à se débarbouiller.

Le jour du Roi commence bien mal !

Elle jette un coup d'œil craintif au costume d'Iris à plat sur la table d'où ses pans débordent de deux aunes[2]. Impalpable, le voile cascade du dossier d'une chaise jusqu'aux souliers d'argent posés par

1. « Que Dieu ait pitié de moi ! »
2. Une aune mesurait 1,18 m.

terre ; l'ensemble a été descendu, hier, de la maison l'Espine sur l'échine de Perlette.

« Et aurai-je vraiment bel air à porter tel travestissement ? »

Anne, qui n'en est plus certaine, doit s'asseoir ; ses jambes tremblent. Elle sent brusquement combien elle a le dos courbatu, les mollets fatigués par les exercices, les poignets endoloris à force de manipuler l'écharpe d'Iris, malgré sa légèreté, sans parler de ses orteils meurtris qu'elle a dû panser un à un.

« Mais si jamais (oh ! l'idée rassurante), si jamais... le Roi était empêché de venir, hein ? »

Anne serait sauvée...

Elle le souhaite pendant une seconde, avec une espèce de désespoir, puis la honte lui brûle les joues. Tant de donzelles se couperaient un morceau de peau pour approcher une seconde le monarque et, elle, vêtue comme princesse, dansera pour lui !

Comment ose-t-elle trembler ?

Un subit élan la précipite vers la coquille du bénitier, accroché au mur sous la branchette desséchée d'un petit rameau. Anne y prend une goutte d'eau bénite et fait le signe de croix en chuchotant :

— Mère, protégez-moi, et vous aussi, Père...

À vrai dire, elle s'adresse autant à ses parents défunts qu'à la Sainte Vierge et au Très-Haut ; ne se trouvent-ils pas au Paradis tous ensemble, après tout ?

À cette minute, elle entend braire un âne, dans la rue, un étage plus bas, en même temps qu'on frappe trois coups de heurtoir à la porte.

— Dame Parthénie !

Elle vient préparer sa messagère. Il n'est plus temps de s'inquiéter.

Du courage !

*

— Quel froid, le jour du Roi ! se lamente Dame Parthénie.

Cependant, pour se réchauffer, elle n'accepte ni écuelle de soupe, ni verre de vin, encore moins les quelques cassures de « *nogat*[1] » offertes par Vivette. À dix minutes, ou à trois heures, nul ne le sait, de voir le Roi, on ne se charge point l'estomac !

Suivie par Babèu portant un panier, lourd de fioles et de boîtes, elle grimpe dans la chambre d'Anne.

— Défaites vos tresses, mon enfant ! enjoint-elle à la jeune fille. Je vais saupoudrer vos cheveux de « poudre d'Iris[2] » afin de les dégraisser un tantinet.

1. Nougat.
2. Poudre utilisée en parfumerie, à bas d'iris de Florence.

Le Roi a le goût des belles chevelures et il aura plaisir à contempler la vôtre...

Puis, ayant joué de la saupoudreuse, la dame ordonne à Babèu :

— Maintenant, brosse donc la tête de la Demoiselle, toi !

La servante y va sans douceur.

« Ma parole, on dirait qu'elle étrille Perlette ! »

Anne en a les larmes aux yeux. Et... aïe !... Babèu lui arrache une poignée de cheveux.

— Maladroite ! la houspille sa maîtresse.

L'autre prend un air contrit, qui n'abuse pas Anne.

« Elle l'a fait exprès, pardi ! »

Ce doit être irritant pour Babèu de servir une fille de son âge, mais la vie est ainsi ; il y a ceux qui servent et ceux qui sont servis.

« Qu'est-ce qu'on y peut ? »

Rien, sans doute.

— Il suffit, Babèu ! tranche la dame.

Après lui avoir confisqué la brosse, elle s'affaire, débouche un flacon de senteur et y mouille un mouchoir.

— L'élément liquide[1] étant paralysé, dit-elle à sa protégée, frottez-vous le décolleté et les bras avec ce linge imbibé d'essence de lavande ! Le

1. L'eau, dans le langage des Précieuses.

Roi raffole des parfums, vous l'ignorez peut-être...

Anne balbutie une réponse inaudible.

Le mot « Roi » a ravivé sa terreur et elle éprouve comme un vertige. À la voir pâlir, l'ancienne frondeuse s'inquiète à mi-voix :

— Qu'avez-vous ?

— Je ne sais... ment la jeune fille.

Dame Parthénie, qui n'est pas tombée de la dernière pluie, lui rappelle aussitôt sa mission :

— Il ne s'agit pas de mollir : mon sort est entre vos mains, ne l'oubliez pas ! Nous sommes, vous et moi, embarquées sur même galère.

Après ces fortes paroles, elle se tourne vers sa servante :

— Toi, sors du panier les bas de soie !

Babèu obéit, l'air maussade.

— Vous les accrocherez à la jarretière de vos caleçons, Anne, décrète Dame Parthénie. Vous n'allez pas danser en bas de laine ou de coton, hein ?

— Je ne sais.

— Encore ?

Son interlocutrice la regarde de travers.

— Voyons, mon enfant, dit-elle, si tantôt Sa Majesté vous pose une question, tâchez de trouver une réponse plus piquante ! Le Roi a un furieux tendre pour les gens d'esprit...

Blessée, Anne riposte :

— Mon « esprit » s'exprimera par la Danse et à travers elle, Madame, ce sera ma façon à moi de faire de jolies phrases.

— Parbleu, en voilà déjà une ! s'étonne Dame Parthénie. Je gage qu'elle pourrait plaire au Roi...

Rassérénée, la jeune fille sourit avant d'enfiler les bas de soie, une nouveauté pour elle. Quand ils sont bien tirés et fixés, elle met sa plus belle chemise de jour, à l'échancrure bordée de dentelle.

Ensuite, Dame Parthénie sangle Anne dans le « corps[1] » rigide qui va sous la robe :

— Ainsi, mon enfant, vous aurez dos droit et belle taille ! Le Roi a une inclination certaine pour les jouvencelles bien ajustées...

— Oui, Madame, souffle Anne.

Ce « corps » lui coupe la respiration.

Mais danser pour le Roi a un prix.

— Mettez donc votre *secrète* ! s'impatiente alors son « habilleuse ».

Anne enfile vivement sa jupe de dessous, la première, puis passe la deuxième qui va par-dessus, la friponne, enfin, elle revêt la volante[2], la troisième, la plus belle, si joliment « rajeunie » qu'elle a maintenant un décolleté rond et des manches

1. On ne disait pas encore « corset » à cette époque.
2. On appelait également la jupe de dessus, la « modeste ».

retroussées d'où dépassent les dentelles de la chemise de jour.

— La toilette est presque terminée, annonce Dame Parthénie, plus qu'un petit détail : le rouge !

Et elle prend un pot dans son panier.

Chapitre 7

Viva lou Rèi !

Au moment où Dame Parthénie débouche son pot, Maître Ambroise s'annonce derrière la porte et il entre, claudiquant bas. À la vue de sa petite-fille, il jure de stupeur :

— *Nom de Diéu !*

Même s'il fait jour, présentement, il reconnaît à peine Anne, droite comme une fleur d'iris dans sa robe violette ; avec ses cheveux épars jusqu'à la taille et ses yeux démesurément agrandis par l'inquiétude, la *chatouno* n'a plus visage d'enfant.

Elle ressemble à la femme qu'elle sera, ou plutôt elle est devenue femme !

Et le Roi a grande faiblesse, dit-on, pour la gent féminine...

— Je me demande, murmure le notaire, s'il n'y a pas folie à vous laisser danser ce matin, Anne.

Elle ravale un petit cri et Dame Parthénie s'offusque :

— Pourquoi donc, mon bon ami ?

Embarrassé à l'idée de s'expliquer, il grommelle :

— Je ne sais.

— Décidément, c'est de famille, se gausse-t-elle en aparté.

Et puisant dans son pot, du bout des doigts, un peu de fard rouge, elle l'applique aussitôt sur une joue d'Anne.

— Qu'est-ce à dire ? suffoque Maître Ambroise. Ma petite-fille n'a point l'âge d'aller ainsi peinturlurée, Madame !

Elle le toise.

— À Orgon, soit, je vous le concède, mais elle va rencontrer Sa Majesté comme si elle se trouvait à Paris et le Roi apprécie les demoiselles qui ont beau teint, rouge et blanc comme il faut.

Sur ce, d'un geste implacable, elle farde l'autre joue d'Anne.

— Les « trônes de la pudeur[1] » doivent être couleur d'aurore !

Dépassé, Maître Ambroise n'insiste pas. Dans son habit de notaire royal, qu'il ne revêt qu'aux occasions exceptionnelles, Anne le trouve blafard.

— Les frimas m'attaquent méchamment les os, maugrée-t-il, et je me sens tout « écrampi ». Pourvu que je puisse m'agenouiller devant le Roi !

— Y serez-vous obligé, *paire* ?

1. « Les joues », dans le langage des Précieuses.

— *Pecaïre,* si j'y serai obligé ! Il est le représentant de Dieu sur terre et je me prosternerai à ses pieds, dussé-je m'y casser une jambe, je vous le dis !

Une pitié indéfinissable serre la gorge de la jeune fille. Son grand-père est bien vieux, au fond ; elle aurait pu le soutenir par le bras. Elle aurait aimé, aussi, l'écouter discourir et le voir offrir au plus grand monarque du monde les clefs de la ville posées sur un coussin pourpre...

— Je regrette, murmure-t-elle, de ne pouvoir vous accompagner à la Porte Sainte-Anne.

— On ne peut tout avoir, *chatouno.*

— Allons, allons, s'insurge Dame Parthénie, ne regrettez rien, mon enfant ! Si vous vous montrez au public avant la *Danse d'Iris,* son effet de surprise sera gâté !

Aussi Anne attendra-t-elle le Roi sur la place, au pied de l'église Notre-Dame-de-l'Assomption où il viendra se recueillir. En effet, de même façon que tous s'agenouillent devant lui, le monarque doit à son tour s'agenouiller devant son unique souverain, le Seigneur des Cieux.

— Moi aussi, j'aurai regret de votre absence, *chatouno,* grommelle Maître Ambroise.

Elle lui sourit.

Quand il est venu la chercher à Paris, sa mauvaise humeur l'épouvantait, mais elle a fini par s'y accoutumer ; son grand-père ressemble à ces chiens grondeurs qui ne mordent jamais, Anne l'a compris.

— Tout à l'heure, chuchote-t-elle, je danserai aussi pour vous, *paire.*

Il détourne les yeux.

On entend, alors, un lointain roulement de tambours retentissant, plus bas, dans la plaine...

— Le Roi ! piaille dame Pathénie.

« Il arrive... »

Et, soudain, Anne a le même effréné battement de cœur que le jour lointain de Paris...

Une ovation éclate déjà au-dehors : *Viva lou Rèi !*

On entend des piétinements, des gens s'interpellent, un chien aboie, un enfant pleure, et tinte follement un tambourin...

Viva lou Rèi !

— C'est pitié, regrette bruyamment Dame Parthénie, qu'il n'y ait pas de clocher à Orgon[1] ! Sonner les cloches à la volée pour accueillir le Roi aurait été du dernier élégant...

Maître Ambroise ne l'écoute pas.

« A-t-il peur, lui aussi, de voir le Roi en face ? »

La feuille du compliment tremblote au bout de ses doigts.

— Dansez bien votre part, tantôt, *chatouno,* souhaite-t-il tout bas à Anne.

1. Le clocher d'Orgon a été édifié l'année de la visite du Roi.

Il lui tapote maladroitement la joue ; Anne appuie, une seconde, sa main sur la sienne.

— *Gramaci*[1], *paire*, murmure-t-elle, remuée.

Il appelle alors son valet à tue-tête, réclame manteau et chapeau, puis traînant la patte au sortir de la chambre, il s'exclame :

— *Viva lou Rèi... Si !*

— *Viva lou Rèi,* répète Anne.

Du coup, Dame Parthénie, saisie d'angoisse, s'en prend à Babèu :

— Au lieu de bayer aux corneilles, ma fille, va chercher pour la Demoiselle et pour moi deux verres de vin sucré à la cuisine et *despechau*[2] !

La servante partie, la dame récupère au tréfonds du panier un petit miroir, lui ôte sa houssette de velours, et scrute son visage blême entre ses voiles de veuve.

— Moi aussi, marmonne-t-elle, je devrais mettre du rouge, qu'en pensez-vous, Anne ?

— Je ne sais.

— Comme par hasard !

Mais, s'étant abîmée une bonne minute dans son reflet, Dame Parthénie renonce à se farder.

— Ma pâleur s'accordera à ma tenue de veuve, décide-t-elle, et sera pour le Roi preuve de ma contrition mieux qu'une mine fleurie.

1. « Grand merci », en provençal.
2. « Dépêche-toi ! »

Anne ne dit mot.

Elle fait tourner sa cheville droite dans un sens, puis dans l'autre, et reprend l'exercice avec la cheville gauche, une façon de réchauffer ses articulations, d'oublier aussi qu'en vérité, elle a mal au cœur d'émotion.

Puis presque machinalement, elle se met à chantonner :

Louis Dieudonné le Quatorzième,
Roy de France et de Navarre,
Dieu nous l'a donné,
Qu'il nous le garde long temps !

Et les yeux d'Anne brillent de larmes.

Chapitre 8

Un diamant...

Plus tard, quand elle repensera à sa deuxième rencontre avec le Roi, Anne se souviendra d'abord du bruit qui, tel le tonnerre avant-coureur de l'orage, annonce à tous qu'*il* approche ; c'est un mélange assourdissant de tambours, de fifres et de hennissements, sur lequel ricoche cette clameur infatigable :

Viva lou Rèi !

Depuis son entrée par la Porte Sainte-Anne, où il est descendu de carrosse, la clameur précède le Roi, le suit, et remonte avec lui le long des rues vers l'église...

Viva lou Rèi !

Sur la place, Anne est pelotonnée dans sa mante derrière le tronc d'un arbre, entre Dame Parthénie, armée d'un rameau d'olivier[1], et Maître Desroses.

1. Un symbole de paix.

Devant Notre-Dame-de-l'Assomption, flambe un feu de joie ; sous les yeux éberlués du *Fada* loqueteux, deux ou trois hommes l'alimentent sans relâche. *Lou fiou* monte si haut qu'il semble toucher de sa langue écarlate le ciel plus transparent que cristal...

La clameur enfle ; elle est tout près.

Le vieux baladin avertit Anne :

— Maintenant, il va falloir oser, Demoiselle !

— Oui, Maître.

— Dans la danse, ça paye toujours, dans la vie également, d'ailleurs, savez-vous ?

Sur ces mots, il tapote ses vêtements pour les débarrasser d'une poussière imaginaire. Il s'est, il faut le dire, bellement ajusté. Afin que son accoutrement ne « sente pas trop la vieille guerre[1] », il a adorné son antique pourpoint de rubans à foison et a piqué une fleur d'iris en soie à l'aile relevée de son couvre-chef.

La clameur déferle et se répand sur la place.

Maître Desroses ouvre l'étui où est rangé son violon :

— À nous !

La jeune fille ne peut répondre ; la peur la mord au ventre.

Le Roi.

1. « Sentir la vieille guerre » signifiait « être démodé ».

À dix pas.

Il s'avance et l'écharpe de soie blanche qui le ceinture voltige au Mistral...

Anne le reconnaît. Même s'il a sept ans de plus, il ressemble encore à l'enfant qu'il fut ; ses cheveux d'or bruni[1] flottent sous son chapeau à plumes rouges.

Et elle pense comme la première fois où elle le vit :

« Que le Roi est beau... »

Oui-da, le plus grand roi du monde est aussi le plus beau !

Il porte culottes et bas cramoisis, avec des souliers jaune d'or, assortis à son pourpoint aux manches doublées de fourrure et aux boutons de diamant scintillants...

La canne qu'il tient élégamment ressemble à un sceptre.

Le Roi.

Ses mousquetaires l'accompagnent, de beaux seigneurs l'entourent, des hommes et des femmes se précipitent à ses pieds, mais cette foule de toutes les couleurs paraît une masse incolore à la jeune fille ; elle n'y aperçoit même pas la silhouette noire de son grand-père, agrippé à l'épaule

1. À cette époque, Louis XIV n'avait pas encore commencé à perdre ses cheveux et ne portait pas de perruque.

du clerc, car à s'agenouiller devant Sa Majesté, tout à l'heure, il s'est vilainement meurtri l'ossature.

Anne ne voit que lui : Louis le Quatorzième !

Faisant le chemin à pied pour être au plus près de ses sujets, il leur tend sa main gantée de blanc à baiser, ou bien il esquisse le signe de la croix au front d'un bébé, tendu à bout de bras par sa mère, en disant :

— Le Roi te touche, Dieu te protège[1] !*

À l'entendre, Dame Parthénie, éperdue, fond en larmes.

— Gardez les « perles d'Iris » pour tout à l'heure, Madame, lui intime Desroses, quant à vous, Demoiselle, ôtez votre mante.

Il empoigne son instrument :

— Nous allons !

La dame, ravalant son émoi, se charge de dévêtir la jeune fille.

— Osez, Demoiselle, osez ! lui répète le maître.

Il sort de l'abri de l'arbre pour « entrer en scène ».

Et la modeste place d'Orgon devient théâtre, en effet. Le baladin fait à son Roi un profond salut,

1. Paraphrase de la célèbre formule : « Le Roi te touche, Dieu te guérit » (voir en fin de volume la rubrique « En savoir plus »).

si profond qu'il en balaie le sol avec son chapeau, avant de le caler sous son pied[1].

Puis, il se met à jouer les premières mesures de l'air inventé par Boesset pour la *Danse d'Iris* ; Anne les compte tout bas :

— Un, deux, trois, et...

... À quatre, elle s'élance, comme on s'élance en rêve, les mains serrées sur les extrémités du voile. Le vent s'y engouffre, le gonfle, le déploie ou le fait tourbillonner, et le feu proche le moire de toutes les couleurs de l'arc-en-ciel...

Le Roi ne quitte pas la baladine des yeux.

Anne penche à *l'écarté,* repart avec un *pas de bourrée emboîté,* fait un *pas glissé,* tourne en *pirouette,* puis sautille des gracieux *jetés,* tandis que, semblable à une nuée venue du ciel, le voile ondule autour d'elle...

Toute la compagnie, figée, la regarde danser.

Le Roi paraît songeur...

Alors, la jeune fille « ose », en effet.

Elle ose danser, au fil des notes, comme si elle était vraiment Iris, la Messagère des dieux, venue dire à Louis XIV qu'il est leur égal. Elle ne sent plus le froid. La musique la porte, l'emporte, Anne la suit.

1. On ne restait pas chapeauté devant le Roi, sauf s'il vous en accordait le privilège.

Elle pourrait la suivre ainsi jusqu'à la nuit...

Hélas, la musique se tait.

Anne s'arrête, les bras *à la lyre*[1], les paumes levées vers le haut.

Le silence tombe sur la place comme un torchon sur une volière. Alors, l'écharpe serrée sur le cœur, Anne ploie en une vraie révérence de Cour dans un doux bruissement de soie.

Le Roi s'adresse d'abord aux notables d'Orgon :

— Cet intermède, dit-il, nous a été fort agréable.

Puis tapant dans ses mains, il donne le signal des applaudissements[2] ; ils éclatent. Mais quand, à pas lents, un poing sur la hanche, comme s'il s'apprêtait à danser, lui aussi, le Roi s'approche d'Anne, nul n'ose plus applaudir.

Le Roi relève la jeune fille :

— Demoiselle, nous vous avons reconnue sur-le-champ : vous êtes Iris, la Messagère des Dieux, n'est-ce pas ?

Le Roi l'a effleurée de son gant et le Roi lui parle ?

Le cœur battant à exploser, elle répond, les cils baissés :

— Oui-da, Sire, je le suis pour servir Votre Majesté.

1. C'est-à-dire les bras tendus devant, l'un plus haut que l'autre, position répertoriée par Feuillet*.

2. Personne ne pouvait applaudir avant le Roi, évidemment.

— Puisque cette danse, badine-t-il, semble vous être naturelle, descendez-vous donc directement de l'Olympe, jolie Iris ?

Elle bafouille :

— Non, Sire, j'habite ici, à Orgon, chez mon grand-père.

Le Roi éclate de rire, et sa suite avec lui.

Anne se sent rougir jusqu'au blanc des yeux. A-t-elle dit une sottise, comme le craignait Dame Parthénie ? La jeune fille en pleurerait ! Heureusement, le monarque reprend à l'instant son sérieux.

— Cette chaconne, révèle-t-il, nous a rappelé une danse que nous vîmes autrefois chez feu notre père bien-aimé, lorsque nous étions tout enfant...

Aux aguets derrière l'arbre, Dame Parthénie juge le moment propice pour « entrer en scène », elle aussi, et telle une trombe de voiles noirs, elle vient s'abattre aux pieds du Roi.

— Sire, sanglote-t-elle, agitant sa branche d'olivier, que Votre Majesté m'écoute, par pitié, et elle saura tout de cette *Danse d'Iris* qu'elle vient d'admirer avec tant de bienveillance...

*

L'explication suit.

Le Roi veut bien pardonner à l'exilée. Il faut

savoir oublier le passé lorsque le présent est heureux et l'avenir souriant*.

Mais :

— Vous ne devez votre pardon, Madame, précise-t-il, qu'à la grâce de votre danseuse, ne l'oubliez jamais.

Et, d'un geste inattendu, arrachant un bouton de diamant à son habit, Louis XIV le donne à Anne :

— Tenez, jolie Iris, gardez ce cadeau par amour de nous, comme nous garderons au cœur le souvenir de votre danse.

— Il me suffit, Sire, proteste faiblement Anne, que Votre Majesté l'ait aimée. Je n'ai aucun besoin d'un présent.

— Acceptez-le, cependant, car tel est notre bon plaisir.

Elle referme la main sur la pierre. La refuser plus avant serait une impolitesse proche de lèse-majesté.

Au vrai, Anne est ébahie de bonheur.

« Un diamant du Roi, le jour de mes quinze ans... »

Cela passe l'imagination !

— Vous avez un ami et un admirateur en notre personne, ajoute le Roi. Si quelque jour, vous avez besoin d'aide, jolie Iris, n'hésitez point à nous solliciter.

Elle bredouille, à bout de souffle :

— Sire, grand merci, je resterai toujours l'humble servante de Votre Majesté.

— Restez plutôt à jamais notre danseuse, sourit le Roi. C'est ainsi que nous nous souviendrons de vous, jolie Iris.

Et, sur un gracieux salut, il poursuit sa route vers l'église. Anne le regarde s'éloigner : les jambes fauchées, elle est incapable de suivre le cortège.

Et qu'il fait froid, brusquement...

Deuxième partie

APRÈS LE SOLEIL, LA NUIT

Il vaut presque mieux pour vous de faire des fautes légères en vous conduisant par vos propres mouvements que de les éviter en suivant trop exactement ce qu'on vous inspire.

Louis XIV

Chapitre 9

Fille, pas plus !

Orgon
Le 15e de mars 1660

Deux mois déjà !

Deux mois qu'il est venu, puis reparti aussi vite et, maintenant, il s'éloigne dans le temps...

Alors, les yeux clos, Anne tâche de rattraper le Roi, de retrouver l'éclat de son regard, son sourire, ou l'odeur de bois brûlé qui, à cause des feux de joie, imprégnait ses beaux habits, se mêlant au parfum inconnu (du musc, peut-être ?) dont ils étaient aspergés.

« Jolie Iris... »

Pelotonnée à l'abri du boutis matelassé, derrière les rideaux bien fermés de son lit, la tête encapuchonnée par son bonnet de nuit et les pieds remontés sous sa longue chemise pour garder un peu de chaleur, la jeune fille revit indéfiniment sa rencontre avec le Roi...

« Restez plutôt à jamais notre danseuse... »

Hélas, les souvenirs d'Anne commencent à s'effilocher ; ils deviennent des images brouillées, pareilles à celles qu'on garde des songes.

Même la *Danse d'Iris* devient du passé.

On est en période de Carême[1], chacun doit faire pénitence ; par conséquent, Anne ne peut plus danser, ce serait un péché. Et sans le diamant du Roi (maintenant serré dans le pupitre du notaire), elle aurait presque l'impression d'avoir rêvé, en effet...

*

Elle sursaute soudain.

Un pas inégal, souligné par le heurt d'une canne, résonne dans le couloir.

— Debout, *chatouno* ! lui intime son grand-père, frappant à la porte. Je dois vous causer.

— J'arrive, *paire*.

Elle l'écoute repartir ; il traîne la jambe. Depuis la visite du Roi, Maître Ambroise souffre un

1. Dans la religion catholique, le Carême consiste en quarante jours de jeûne et de pénitence qui commencent le mercredi des Cendres et s'achèvent au Samedi Saint, la veille de Pâques, jour de la Résurrection du Christ.

martyre de sa hanche ; il lui faut même s'appuyer sur un bâton pour déambuler ici et là.

— Le pauvre, murmure Anne, partagée entre la compassion et l'inquiétude.

Que lui veut-il ?

Elle repousse la courtine et ôte son bonnet.

On n'y voit goutte. Un jour pâlichon éclaircit à peine le carreau de la croisée que cingle la pluie. Pour ne pas se refroidir, Anne enfile ses bas en un tournemain, met ses chaussons de velours, puis elle passe par-dessus sa chemise sa robe de « tous les jours » et son tablier à grande poche.

Vu l'injonction du notaire, tant pis pour les ablutions ! De toute façon, on ne cherche pas à être belle pendant le Carême. Et elle sort promptement de la chambre.

Le long du couloir, puis dans l'escalier, il fait encore plus sombre malgré *lou calèu*, le lumignon luisant au fond d'une niche, à mi-étage.

Anne descend, agrippée à la rampe.

Pas le moment de choir... ou de se tordre la cheville... ou bien de se léser un genou, Dieu garde ! Dès la fin du Carême, elle reprendra la Danse. Pour s'exercer, pour se préparer, parce que, un jour ou l'autre, elle balera à nouveau devant le Roi...

Anne en a la certitude.

Elle a compris, maintenant, ce que voulaient dire les signes du quinzième de janvier : le Roi s'est arrêté à Orgon pour la rencontrer, elle, une jeune fille qui aime la Danse autant que lui. Et la Danse les a liés un instant, mais pour toujours.

Comment ne se reverraient-ils pas ?

Ils doivent se revoir.

Le Destin n'organise jamais rien en vain, n'est-ce pas ?

*

Elle entre dans la cuisine.

— Asseyez-vous, *chatouno*.

Maître Ambroise a mauvaise mine. Entre sa souffrance de la hanche et le jeûne du Carême, il a maigri depuis le jour du Roi.

— Je vais, ma petite-fille, commence-t-il, vous entretenir d'un sujet essentiel. Peut-être ne devrais-je point l'évoquer en cette période de pénitence, puisqu'il s'agit de votre bonheur futur ? Mais le Seigneur voudra bien me pardonner.

Ce discours alambiqué alarme la jeune fille ; une subite nausée la barbouille. Elle se sent incapable de toucher à son assiette, remplie sur-le-champ par Vivette du bouillon aux herbes, sans viande ni graisse, propre au temps de pénitence.

— Suite à la visite de Sa Majesté qui m'a fort fatigué, je dois le confesser, poursuit le notaire, j'ai pris conscience que je n'étais plus un perdreau de l'année, et me suis vu obligé de réfléchir à votre avenir.

Le regard de Maître Ambroise vacille.

— Je ne resterai pas éternellement ici-bas pour veiller sur vous, ma pauvre *chatouno,* aussi le devoir me pousse-t-il à vous trouver un protecteur. Je pense donc à vous établir.

— C'est-à-dire à me marier ? balbutie-t-elle.

— Oui-da, vous m'avez bien compris.

Anne le regarde avec un étonnement épouvanté.

— Voyons, *paire,* réussit-elle à objecter, je n'ai pas encore l'âge !

— Si fait, vous l'avez, puisque vous avez eu celui de danser devant le Roi.

Cela ressemble à un reproche ; il atterre la jeune fille.

— Vous n'êtes plus une enfant, s'explique le notaire, votre *Danse d'Iris* me l'a prouvé, qui vous a fait remarquer de toute la ville. Présentement, je ne puis aller de droite ou de gauche, dans Orgon, sans que d'aucuns me parlent de votre danse charmeuse...

Indignée, Anne se défend :

— Qu'y puis-je ? Je n'ai cherché à charmer personne, *paire.* Je n'ai balé que pour le Roi !

— J'en suis certain, grommelle Maître Ambroise, cependant un méchant bruit sur votre compte n'en circule pas moins.

— Lequel ?

— Ceux qui la virent danser, naguère, racontent que vous êtes le portrait de votre mère.

Anne en rougit de plaisir.

— Plutôt que « méchant bruit », souffle-t-elle, moi, j'entends un compliment !

— Que ce soit l'un ou l'autre, il faut le faire taire !

— Et me marier y suffira ? se moque-t-elle.

Le notaire hausse le ton.

— Je le suppose ! Quand vous serez devenue une épouse... euh... pareille à toutes les autres, chacun oubliera votre danse.

« Sauf le Roi ! » pense la jeune fille.

Cette espèce de procès la dépasse, son peu d'insolence l'abandonne ; Anne se retient de pleurer.

Il y a un silence.

Après avoir rompu un morceau de pain noir, Maître Ambroise le trempe dans sa soupe, l'écrase à la cuiller, puis dégustant cette panade, il épilogue entre deux bouchées :

— Certes, vous n'êtes point coupable, *chatouno.* C'est une question de nature : vous êtes fille, pas plus ! Or, les femelles sont des êtres faibles à la tête légère. Pour cela, l'état de mariage leur convient qui les met à l'abri et a été voulu pour elles par Dieu.

Peut-être, mais Anne n'en a jamais rêvé ; au contraire. Cette perspective l'inquiétant obscurément, elle revient à la charge :

— Ne me mariez pas, *paire*, gardez-moi plutôt auprès de vous !

— Mais vous y resterez, *chatouno*, car je vous trouverai un époux qui viendra s'installer céans...

Il toussote et avoue :

— En vérité, une occasion se présente, une occasion inespérée !

— Inespérée, pourquoi ?

— Parce que vous êtes née d'une mésalliance, lui assène son grand-père, dois-je vous le rappeler ? Votre mère, paix à son âme, était une fille de théâtre.

— Cela ne l'empêchait point d'être honnête !

— Il se peut. Cependant, après une naissance aussi aventureuse, aucune grande famille de Provence ne vous acceptera jamais dans son sein.

Il regarde la jeune fille avec pitié ou ressentiment, elle ne sait trop.

— D'ailleurs, si j'avais guigné pour vous une union avec quelque gentilhomme de haut lignage, renchérit-il, je vous aurais fait élever au couvent d'Avignon avec les demoiselles du beau monde ! J'ai préféré l'éviter, sachant que vous y seriez mal considérée.

« Mal considérée » parce que sa mère dansait ?

Mais le plus grand roi du monde danse, lui aussi... alors ?

Quels faquins, les gens d'ici !

— Que m'importent les Provençaux ? s'écrie Anne d'une voix pleine de larmes. Je partirai à Paris, figurez-vous, et là-bas je trouverai bien à m'établir par moi-même...

« ... Ou à gagner ma vie en dansant comme ma mère ! »

Et la Danse la rapprochera du Roi...

— Et comment parviendrez-vous à la grand-ville, *chatouno* ? ironise alors Maître Ambroise.

— Si vous m'y autorisez, je puis y partir avec Dame Parthénie.

— Elle ne vous a pas invitée à l'accompagner lors de son retour dans la Capitale, que je sache ?

Il a raison.

Et, incapable de se retenir, Anne se met à pleurer.

— De grâce, épargnez-moi ces simagrées propres à votre sexe, la rabroue aussitôt Maître Ambroise. Elles ne me pourront fléchir.

Tête baissée, elle ravale ses larmes tant bien que mal.

— Adonc, écoutez-moi bien, reprend-il. Votre promis est un mien petit-cousin, de Bonnieux, il fait donc déjà partie de notre famille, et il est noble.

Elle relève le nez :

— Dans ce cas, pourquoi m'agrée-t-il ? renifle-t-elle. Après ce que vous m'avez dit, êtes-vous sûr, *paire*, que ce « noble » ne souffre pas de quelque défaut caché pour se contenter de la fille d'une baladine ?

Une enfant d'ordinaire si douce chicaner tout à coup avec tel mordant ? Le notaire en perd son calme.

— Taisez-vous, gronde-t-il, et au lieu de dire des sottises, allez travailler à votre ouvrage ! Une fille doit tenir ses mains occupées, l'oisiveté étant mère de l'imagination et l'imagination, du vice, c'est une vérité de l'Évangile !

Elle se lève réprimant ses sanglots, tandis qu'il éclate :

— Il a fallu que le fruit des folles amours de mon fils naquît femelle ! *Nom de Diéu !* Mâle, vous m'auriez été plus utile, Anne ! Je vous aurais initiée aux affaires, transmis ma charge et vous m'auriez succédé...

Elle ne l'écoute plus.

À pas de souris, Vivette s'est approchée d'elle pour glisser une grosse tranche de pain dans la poche de son tablier.

— *No ploura, bello chatouno*[1]... chuchote la vieille servante.

Ses mots puérils sont impuissants à consoler Anne, mais elle sourit à travers ses larmes ; au moins, quelqu'un, ici, compatit à son sort !

Puis elle sort en courant.

1. « Ne pleure pas, belle fillette », en provençal.

Chapitre 10

Le Mistral noir

La porte de sa chambre claquée, Anne s'adosse au battant ; elle suffoque de désespoir.

Pas question de travailler à son ouvrage !

Elle ne fait même pas semblant d'ouvrir son panier à couture. Suite à l'éventualité menaçante d'un « promis », la jeune fille ne risque plus de perdre son temps à cette nappe d'autel patiemment ornée d'une guirlande de fleurettes, jour après jour.

Anne l'a entreprise après avoir appris les points de croix, d'épine ou de chaînette avec une brodeuse du bourg ; elle souhaitait offrir son œuvre à la paroisse pour la fête de Noël.

Mais, maintenant, il y a plus urgent :

« Je dois échapper à ce mariage imposé ! »

Et de quelle façon ? Anne l'ignore. Combien elle se sent abandonnée, tout à coup ! À moins que depuis la mort de son père, elle ne l'ait toujours été, abandonnée. Ses larmes redoublent.

Elle n'a aucune amie de son âge à qui se confier, Maître Ambroise lui ayant interdit de frayer avec les donzelles du bourg, de condition inférieure à la sienne. Elle ne peut donc décharger son cœur auprès d'une semblable prête à l'écouter ou à compatir.

La peine d'Anne s'en trouve accrue.

Elle a l'impression de se trouver face à un mur impossible à escalader. En effet, que peut une fille mineure[1] contre l'autorité de son tuteur ? Rien. Celui-ci a tout pouvoir sur elle. Et si son grand-père a décidé de marier Anne, il la mariera ! Elle n'aura qu'à se taire.

Qu'arrivera-t-il, alors ?

Je ne bougerai pas d'Orgon.
Je ne reverrai jamais le Roi.
Je ne danserai plus pour lui...
Et ma vie sera finie !

On dirait une chanson, une comptine pour une ronde de jouvencelles. Hélas, elle risque de devenir complainte du malheur...

« Et je dois demander conseil. »

La jeune fille n'a pas d'amie de son âge, soit, mais il existe tout de même à Orgon une personne, une seule, qui la pourra guider, n'est-ce pas ?

1. La majorité des filles était fixée à vingt-cinq ans.

Anne s'essuie les joues d'un revers de main.

« Osez, Demoiselle ! » lui a conseillé le vieux baladin.

Et elle va oser, oui-da !

*

Personne ne l'a vue ou entendue descendre de sa chambre.

Le Mistral noir, celui qui s'accompagne d'averses, hurle tellement fort qu'il brouille tous les autres bruits, jetant la pluie à dextre et à sénestre en bourrasques crépitantes.

Encapuchonnée à la va-vite dans sa mante, Anne se glisse dehors. Avec cette tempête, nul ne se hasarde dans la rue, une chance ! Aucune cancanière n'apercevra la silhouette esseulée de la Demoiselle des Jonchères...

« Elle va sans chaperon ? *Moun Diéu,* elle qui sort toujours accompagnée par son grand-père ou par Vivette... ! *Que passa*[1] *?* »

Et le front baissé sous les gifles du Mistral noir, Anne prend le chemin de la maison l'Espine.

*

1. « Que se passe-t-il ? », en provençal.

La jeune fille marche vite. Elle a presque gravi le raidillon lorsque... Quel frisson de peur !... elle voit *lou Fada,* là, à deux coudées[1] !

Sorti de son trou dans la broussaille, il l'observe sans bouger. L'eau ruisselle dans ses cheveux mouillés, sur ses joues creuses et va se perdre parmi ses haillons. Il tremble. Il a froid, sans doute, et faim. Pendant le Carême, personne n'a beaucoup de restes à lui donner et, dans les buissons, il n'y a pas encore de « fruits de ronces », bons à manger.

Soudain, oubliant sa peur, Anne plonge la main sous sa mante, dans la poche de son tablier, et elle en sort la tranche de pain :

— *Per tu*[2]*,* dit-elle au *Fada.*

Il attrape la provende entre ses griffes noires avec une rapidité d'oiseau, puis trébuchant, il va se ratatiner au fond de sa tanière. Alors, Anne se met à courir, courir, courir, jusqu'à la maison l'Espine...

1. Unité de mesure d'environ 50 cm, utilisée à l'époque ; elle correspondait à la distance séparant le coude de l'extrémité du médius.
2. « Pour toi », en provençal.

Chapitre 11

Comme un caillou

Dame Parthénie, assise dans un fauteuil de sa ruelle, la tête penchée sous les dentelles d'un bonnet de nuit et les bésicles au bout du nez, est absorbée par la lecture d'un énorme volume ouvert devant elle sur un guéridon.

À cette vue, Anne se sent déjà rassérénée.

Tout reste encore à sa place, céans, et rien n'annonce le départ proche de la maîtresse des lieux, qui a préféré ne point voyager pendant le Carême...

Elle pourra continuer à épauler sa protégée !

— Le bon jour, Madame, lui dit-elle.

S'arrachant à contrecœur aux péripéties du *Grand Cyrus*[1], un de ses ouvrages préférés, la grosse femme jette à la jeune fille un coup d'œil étonné :

1. Madeleine de Scudéry (1607-1701) en collaboration avec son frère Georges de Scudéry (1601-1667) écrivit entre 1649 et 1653 *Artamène ou Le Grand Cyrus*, roman en dix tomes, immense succès de l'époque. En écrivant seule, elle eut aussi une énorme production littéraire.

— Quel bon vent vous amène, ma chère « Iris », ou plutôt quelle mauvaise bise ? Vous voilà plus trempée qu'une soupe !

Pour toute réponse, Anne se remet à pleurer.

*

Lorsque, effondrée sur un siège, Anne a réussi à parler, son interlocutrice lui demande :

— Qu'attendez-vous de moi au juste ?

— Dites-moi ce que je dois faire, Madame, s'il vous plaît !

La réponse tombe, brutale :

— Vous devez accepter l'époux que votre grand-père vous propose.

La jeune fille a l'impression de recevoir une tuile sur la tête.

— Vous n'avez point d'autre solution, certes, poursuit l'ancienne frondeuse, car c'est la meilleure pour vous.

— La meilleure pour... moi ?

— Parbleu ! Grâce au nom noble de votre futur et au bel argent de votre grand-père dont vous êtes la seule héritière, vous le savez, vous deviendrez la grande dame d'Orgon.

— Et que me chaut ? s'emporte Anne. Je n'ai aucune envie de me marier, moi, pour mourir prématurément en couches comme ma mère !

Et, à le crier, la jeune fille comprend, soudain, pourquoi le mariage la rebute ou, plutôt, l'effraie.

— Je ne me marierai point, s'exaspère-t-elle derechef, sachez-le, et surtout pas avec cet inconnu !

— Voyons, mon enfant, vous ne l'avez pas encore vu...

— C'est tout comme !

— ... et peut-être sera-t-il fort galant et bien tourné ?

— Dans ce cas, qu'il propose sa galanterie et sa bonne tournure à une autre !

Dame Parthénie considère Anne avec stupeur. D'où lui vient ce « fier [1] » inattendu, si peu dans son caractère ?

La jeune fille éclate en sanglots :

— À l'avance, je le hais !

— Mais non ! Vous finirez par l'aimer bien, je vous le prédis.

La dame sourit :

— Sachez, mon enfant, qu'à votre âge, quand Monsieur mon père m'a transmis la demande du vidame de l'Espine, j'ai eu la même réaction que la vôtre ! Quel affreux désespoir ! Je pleurais à creuser le caillou, j'ai même menacé de me jeter dans le

1. « La colère », en langage précieux.

puits, et puis je l'ai épousé, bien entendu, mon vidame !

La jeune fille l'écoute, agacée.

— Une femme ne peut qu'obéir, voilà tout ! achève Dame Parthénie.

Anne ose murmurer :

— Eh bien, moi, je ne veux point.

— Vous viendrez à l'obéissance comme les autres !

D'abord, Anne se tait. Non, personne ne la comprend, personne ! Puis, oubliant tout orgueil, elle joint les mains pour supplier :

— Par pitié, Madame, emmenez-moi à Paris avec vous.

Hélas...

— Ma pauvre petite, soupire Dame Parthénie, je ne puis rien faire pour vous. Il m'est impossible d'aller contre la volonté de votre grand-père, mais, afin de vous soutenir, je resterai à Orgon jusqu'à vos noces...

Si Dame Parthénie croit la consoler !

Anne bondit sur ses pieds.

— Je ne me marierai pas, s'écrie-t-elle, je vous en réponds !

Et, faisant fi des bonnes manières, elle part sans saluer.

*

Au-dehors, le Mistral noir la cueille ; il la pousse dans le dos vers la maison du notaire. La jeune fille a l'impression d'être un caillou qui roule vers le trou où il va s'engloutir à jamais...

Chapitre 12

UN PEU DE LUI…

Orgon,
Le 28e de mars 1660,
Dimanche de Pâques.

Depuis leur altercation, Maître Ambroise n'a plus reparlé à Anne de son « promis » ; du coup, elle espère follement que son grand-père a changé d'avis.

Ou alors ?

« Le "cousin" s'est désisté… »

L'idée de s'unir à la fille d'une baladine l'a si fort contrarié, finalement, qu'il a reculé, ce lâche ! D'ailleurs, s'il l'était pour de bon, et poltron, et peureux, et pusillanime, elle en serait débarrassée, avant même d'avoir eu à le subir…

Et il disparaîtrait, pareil à coquecigrue[1] de cauchemar !

1. Animal fantastique.

Anne réfléchit à la question en s'habillant, avec l'aide de Vivette, car aujourd'hui il lui faut porter « corps » et atours pour la grand-messe de la Résurrection et le repas de fête[1] qui va suivre. Pour Pâques, on étrenne toujours des vêtements neufs ; Maître Ambroise a respecté la tradition, il a offert à Anne une robe lie-de-vin, galonnée de blanc.

« Il n'est plus fâché contre moi, dirait-on. »

Un soulagement, quoiqu'elle trouve cette robe sévère. Malgré la passementerie qui éclaire le bas de sa jupe, elle fait « vieillot » ; c'est bien le choix d'un grand-père !

Rien à voir avec la robe d'Iris, beaucoup plus belle avec sa couleur de fleur, certes, mais surtout symbole de l'instant exceptionnel où la jeune fille a été déesse face au plus grand monarque de la Chrétienté ! Si, un jour, elle la revêt à nouveau, ce sera en l'honneur du Roi, quand elle dansera pour lui.

Le Roi...

« Avec une majuscule, comme s'il n'en existait qu'un seul ici-bas. »

Et lorsque les mains rugueuses de Vivette, qui lui lace son corsage dans le dos, frôlent sa peau, Anne revient en frissonnant à la réalité. Nul besoin de miroir de Venise ou d'ailleurs ! Elle se « voit »

1. Pâques était la plus grande fête religieuse de l'année.

soudain telle qu'elle est : une petite provinciale, loin, très loin, si loin du Roi !

Se souvient-il seulement d'elle et de sa danse ? Anne pourrait le jurer. Cependant, elle n'a pas été la seule à danser pour lui, elle doit l'admettre. Des centaines de jouvencelles ont attendu, attendent ou attendront Louis le Quatorzième, le long de son pèlerinage à travers la France...

« Et toutes ont balé, balent, ou baleront en son honneur ! »

Sans parler des dames de la Cour qui, aux plus belles étapes, l'environnent, parées de soie, d'or et de gemmes étincelantes ! Le Roi déclarera-t-il par hasard à une autre baladine, modeste ou de haut parage : *« Restez à jamais notre danseuse... »* ?

Cela se peut.

Et mieux vaut n'y pas penser.

Oppressée, Anne marmonne à Vivette :

— Attends une minute, je descends chercher quelque chose chez le Maître.

Brusquement, l'impatience picote la peau de la jeune fille.

*

Elle frappe à la porte du cabinet. Le notaire aime s'y réfugier, même le dimanche.

— *Paire ?*

— *Intra, chatouno !*

Anne vient rarement dans cette pièce où aucune femme n'a sa place, puisque c'est le domaine réservé d'un homme, le Maître. Une fois à l'intérieur, elle se sent intimidée.

Il y fait très sombre, les volets sur le jardin étant fermés.

Par précaution, le notaire ne les ouvre jamais, les secrets de ses clients étant tous enfermés céans, dans des dossiers empilés, sans compter les sacs d'écus laissés parfois en dépôt, lesquels sont serrés dans un énorme coffre, scellé au mur.

Sa masse de fer semble écraser Maître Ambroise qui, la plume à la main devant ses paperasses, trône à son pupitre ; la chandelle qui y brûle creuse le visage du vieil homme d'ombres noires.

— Cette robe vous sied, *chatouno*, complimente-t-il la jeune fille.

— *Gramaci, paire.*

— Ainsi ajustée, vous ressemblez à une... dame.

Pourquoi insiste-t-il sur ce mot ? Elle en est vaguement alarmée, lorsque :

— Au fait, que vouliez-vous ? lui demande Maître Ambroise.

Et Anne répond d'une traite :

— Le diamant du Roi, *se vous agrada*[1].

1. « S'il vous plaît », en provençal.

— Mais vous n'avez point l'âge de porter une pierre précieuse !

— Il y a deux minutes, *paire,* riposte la jeune fille, vous avez trouvé que je ressemblais à une dame !

Il sourit.

— Si fait.

Ma parole, on dirait qu'il se réjouit de la voir plus vieille...

— En outre, nous fêtons Pâques, insiste-t-elle, une circonstance où il faut soigner sa tenue par allégresse !

Sa petite-fille a raison.

Le notaire soulève l'abattant de son pupitre en marmonnant :

— Décidément, *chatouno,* je suis incapable de vous rien refuser.

Comme le jour où il lui permit la *Danse d'Iris,* Anne se précipite pour baiser la main de son grand-père ; le voyant, alors, de tout près :

— Vous paraissez bien las, *paire* ! chuchote-t-elle.

— La faute à mes vieux os...

Sur ses mots, il lui remet la pierre, Anne en rougit de bonheur ; au creux de sa paume, le diamant ressemble à une goutte de soleil, tant il brille...

— Une chance qu'il ait été bouton de pourpoint ! s'écrie la jeune fille. Grâce à son anneau, je peux l'accrocher à la chaîne de ma croix de baptême.

Le notaire précise :

— Vous me le rendrez dès ce soir, n'est-ce pas ?

— *Si, paire.*

« Ce soir, c'est dans longtemps... »

— Je pourrais, ajoute-t-il, vous le faire monter quelque jour en « boute-en-train ».

— Qu'est-ce ?

— Une broche à piquer au corsage. Je serais heureux de vous offrir cette monture bientôt, lors d'une occasion heureuse...

Anne tressaille.

Que veut-il dire, avec son « occasion heureuse » ?

Cette locution énigmatique tracasse la jeune fille, tout à coup. Détachant la chaîne d'or qu'elle porte jour et nuit au cou, elle y fait passer le diamant du Roi, puis la raccroche.

— N'est-ce pas très joli ainsi, *paire* ? souffle-t-elle. Il serait inutile que vous dépensiez pour l'or ciselé d'un bijou.

Anne préfère garder contre sa peau le diamant du Roi.

Cette pierre le représente ou, même, conserve un peu de lui, puisqu'il l'a touchée.

Il ne peut exister plus beau talisman.

Et il protégera la jeune fille, elle le sent.

Chapitre 13

Tel un singe botté

Les habitants d'Orgon, endimanchés, se dirigent tous vers Notre-Dame-de-l'Assomption. Les Jonchères se joignent à ce cortège.

Maître Ambroise s'appuie d'une main sur sa canne et de l'autre, s'agrippe au bras de Carlet. Anne, un voile sur ses cheveux relevés, l'aumônière[1] nouée à la taille, sous sa mante, et le livre de messe à la main, les suit avec Vivette, qui porte coiffe amidonnée et costume arlésien, la coutume à Orgon ; le valet, Sivan, ferme la marche.

Cils baissés, la jeune fille songe :

« Dire que je pose le pied où le Roi a marché... »

Chaque fois qu'elle va à l'église, elle y pense, imaginant qu'il avance à pas lents devant elle. Si jamais elle relève les yeux, elle le verra, peut-être, brève apparition créée par le désir ?

1. Petite bourse où l'on gardait l'argent destiné à l'aumône ou à la quête.

Anne a un demi-sourire.
Que de rêves... !
Mais sans rêves, qui supporterait la réalité ?

*

Et, débouchant sur la place où elle a dansé, Anne reçoit en plein cœur le coup de poinçon du regret ; elle aimerait remonter le temps, s'envoler à nouveau sur la musique, s'abandonner à l'écharpe d'Iris emportée par le vent, et elle se répète tout bas certains pas de son « entrée[1] » :

« Emboîté, glissé, pirouette, jetés... »

Soudain, l'envie de danser fourmille dans les jambes de la jeune fille ; elle en oublie sa mauvaise impression de tout à l'heure pour baler dans sa tête...

*

Ils arrivent au parvis.

Un cheval efflanqué y hennit, attaché à un des anneaux fixés à la façade de l'église. Les Orgonnais utilisent rarement leurs montures pour déambuler dans le bourg, Dame Parthénie mise à part, aussi Maître Ambroise remarque-t-il :

1. Dans le cadre d'un spectacle de théâtre ou d'opéra de l'époque, passage chorégraphique seul ou à plusieurs.

— Nous avons de la visite.

Il en paraît si content qu'Anne éprouve un malaise indéfinissable.

Là-dessus des exclamations fusent autour d'eux :

— *Vé lou Fada !*

Surgi de Dieu sait où, l'idiot vient de débouler. Le sourire béat, il se précipite vers l'animal, tourne autour, lui tapote la cuisse, flatte sa crinière, ou bien s'accroupit pour le mieux observer.

Le bidet renâcle méchamment.

— Ho, *Fada*, beugle Carlet, Dieu garde, tu vas ramasser un coup de sabot !

L'idiot, jetant un coup d'œil au clerc, aperçoit Anne deux pas derrière ; il en oublie la rosse. Bavant le mot *« Bello »*, il regarde passer la jeune fille...

Donner deux ou trois piécettes à ce misérable ?

Elle hésite.

Le premier chenapan venu le battra pour les lui voler !

Et elle chuchote précipitamment à Vivette :

— Dis au *Fada* de venir à la cuisine, tantôt après la messe, et fais-le bien manger.

Anne a envie de pleurer, sans trop savoir pourquoi.

*

Ils entrent tous dans l'église ombreuse.

Les fidèles sont si nombreux qu'ils se bousculent autour du grand bénitier. Certains s'écartent pour laisser approcher le notaire ; il se mouille les doigts à l'eau bénite et fait le signe de croix.

Anne s'apprête à imiter son grand-père lorsqu'un inconnu botté trempe une main dans le bénitier et, en signe d'amitié, la lui tend, dégoulinante, afin qu'elle y humecte la sienne.

La jeune fille a un mouvement de recul, instinctif, presque animal.

Le chapeau au creux du bras et le pourpoint empoussiéré par un trajet à cheval, il doit s'agir du maître de la haridelle attachée dehors.

— S'il vous plaît, *chatouno,* intervient alors Maître Ambroise, veuillez accepter la main de votre cousin.

Anne ne peut obéir.

Ses vagues impressions sont en train de devenir certitudes épouvantables : elle se croyait sauvée et elle était déjà perdue.

Son « promis », c'est lui.

Il arrive de Bonnieux pour la rencontrer à l'occasion de la fête de Pâques ! En voyant la jeune fille auprès de son grand-père, il a deviné qui elle était et il a fait le gracieux avec son offre d'eau bénite...

Hélas, gracieux, ce cavalier ne réussira jamais à l'être ! Ses jambes courtes, son vilain museau et ses petits yeux enfoncés, noirs comme *reygalisse*[1], le rendent fort déplaisant.

Incapable de lui sourire, même poliment, la jeune fille baisse la tête. Surpris par cette réaction, le cavalier adresse un rictus interrogateur au notaire.

— Venez vous asseoir avec nous sur le banc de la famille, César-Auguste, lui propose vivement Maître Ambroise, ce sera grande joie pour nous, hé, Anne ?

Elle ne répond pas.

Bousculant Carlet, interloqué, le cousin de Bonnieux propose alors son bras au notaire et ils s'engagent à pas lents dans l'allée centrale, le clerc derrière eux.

La jeune fille ne bouge pas, elle.

« César-Auguste ? »

Ce prénom d'empereur romain convient au cavalier comme des bottes à un singe !

D'ailleurs, il en a l'air !

De quoi ?

D'un singe botté, pardi !

Et Anne éclate d'un rire suraigu qui résonne jusqu'au chœur. Les gens s'étonnent, se retournent, échangent des coups de coude. Quelle mouche vient de piquer la Demoiselle des Jonchères ?

1. « Réglisse », en provençal.

Pécaïre ! S'esclaffer ainsi dans un lieu sacré est presque un péché.

Nul ne sait, sans doute, qu'on peut rire de désespoir.

Vivette, elle, l'a compris ; elle prend la main d'Anne dans la sienne, si raboteuse. Ce rude contact a quelque chose d'apaisant : l'indécente hilarité de la jeune fille se mue en sanglots.

— Vivette, balbutie-t-elle, *no laïssa me*[1].

Malheureusement, la vieille servante doit rester au fond de l'église, avec Sevan, le valet, et les autres domestiques d'Orgon, comme il se doit. Tentant de retenir ses pleurs, Anne se résigne à aller s'asseoir à sa place auprès de son grand-père, de Carlet et du cousin de Bonnieux, sur le banc des Jonchères, au premier rang face au maître-autel.

— *In nomine Patris, et Filii, et Spiritus sancti*[2]...

La messe commence.

Le prêtre, vêtu d'une chasuble blanc et or, s'incline devant le tabernacle, les fumées bleuâtres de l'encens montent vers la voûte, la foule chante les répons : *Alléluia, alléluia...*

Anne ne voit rien, n'entend rien, elle sent juste le regard de l'intrus dardé sur elle. Parce qu'elle refuse de se tourner vers lui, elle garde les yeux

1. « Ne me laisse pas », en provençal.

2. « Au nom du Père, et du Fils, et du Saint-Esprit » ; la messe se disait en latin.

fixés droit devant elle. Petit à petit, à travers le prisme de ses larmes, les flammes des cierges rayonnent jusqu'à devenir soleils.

Tout disparaît dans le noir, alentour.

Au cœur de cette lumière, Anne se sent comme protégée par une armure resplendissante.

Et, à son cou, un autre fragment de lumière étincelle...

Chapitre 14

GRANDE COLÈRE

Un instant, un petit instant de bonheur ou de foi en elle-même, mais sur le parvis, à la sortie de la messe, Anne retrouve sa vie telle qu'elle se présente, maintenant, c'est-à-dire sous les traits du « Singe botté ».

« Comme si ma vie portait un masque grimaçant... »

— Prenez le bras de votre cousin, *chatouno* ! ordonne Maître Ambroise.

Elle le brave :

— Je puis marcher sans soutien, *paire,* ne suis-je pas *dansaïre*[1] ?

— En vérité ? s'offusque le cousin.

— « *Dansaïre* » est un grand mot, mon cousin, tempère aussitôt le notaire. Disons que pareille à n'importe quelle jouvencelle de son âge, Anne dansote parfois pour s'amuser.

1. « Danseuse », en provençal.

— Pas seulement pour m'amuser.

Comme si la Danse n'était qu'un jeu ! Maître Ambroise n'y connaît rien.

— Et la Demoiselle des Jonchères, ose renchérir le clerc, montre tant d'habileté à baler qu'elle a été choisie pour danser devant Sa Majesté le Roi de France, figurez-vous.

— Peste ! laisse échapper le chevalier, confondu.

L'on ne sait s'il admire ou s'il est choqué. Forte de l'appui inattendu de Carlet, Anne regarde l'intrus en face pour la première fois. Il tâche de lui sourire, mais ce qu'il surprend dans ses yeux bleus dédaigneux n'étant guère encourageant, César-Auguste verdit de déplaisir et maugrée :

— Je n'aime point la Danse !

— Cela ne m'étonne pas, susurre la jeune fille, en vous voyant cela se devine aisément.

— À quoi, ma cousine ?

— Pour danser, il faut être beau.

Un sous-entendu d'une clarté si grossière que Maître Ambroise se demande s'il entend bien, ou s'il extravague ? Sa petite-fille dépasse les bornes de l'incivilité ! Il la rappelle à l'ordre d'un ton sec :

— Cessez donc de « déparler », Anne !

Tandis que le « promis », ulcéré, va détacher son bidet, qui voisine présentement avec la jolie ânesse de Dame Parthénie, le notaire attrape Anne par le poignet.

— Avez-vous perdu l'esprit ? la réprimande-t-il tout bas. Si vous continuez sur ce ton, je vous confisquerai sur-le-champ le diamant du Roi et je ne vous le rendrai jamais !

Saisie, elle pose la main sur la gemme, comme pour empêcher qu'elle ne lui soit ôtée ; ce geste enfantin attendrit le vieil homme.

— Je vous pardonne, soupire-t-il, mais ne dites plus de sottises le jour de la Résurrection de Notre-Seigneur, cela ne se fait point. *Ana*[1], prenez le bras du chevalier du Colombier de Camarillon !

Le notaire croit-il amollir la jeune fille en faisant sonner le titre du cousin ? Mal joué ! Elle se raidit. Décidément... ! Après le prénom, quel nom ridicule ! Il va comme un gant au nabot tout aussi ridicule qui le porte.

Et le notaire claironne incontinent à icelui :

— Mon valet s'occupera de votre monture, cousin, venez donc ! Ne tardons plus, le dîner de Pâques sera bientôt servi, voyez notre Vivette qui court à ses fourneaux...

En effet, *lou Fada* à ses trousses, la servante trottine déjà, loin devant, laissant la jeune fille bien seule, soudain, sans son appui modeste. Anne n'ose plus regarder le cousin ; l'idée de glisser son bras sous celui de cet homme l'insupporte. La jeune fille

1. « Allez ! » en provençal.

ne veut point le frôler, encore moins le toucher. Lui, ignore quelle attitude adopter, il balance[1].

Lorsque...

Oh ! L'heureuse apparition !

Dame Parthénie sort de l'église, accompagnée de Maître Desroses, Monsieur le curé les suit ; tous trois sont conviés chez Maître Ambroise. L'air en dessous, Babèu leur emboîte le pas : elle aussi est invitée, à la cuisine, tout comme le *Fada*.

Anne salue la dame, avant de la supplier tout bas :

— S'il vous plaît, prenez mon bras, nous cheminerons ensemble.

L'ancienne frondeuse, qui n'a guère apprécié la façon fantasque dont sa « protégée » a quitté la maison l'Espine, l'autre jour, marmotte :

— Je n'aime point marcher, mon enfant, je préfère monter mon ânesse.

— Babèu la mènera chez nous, chuchote Anne.

Sa mine tourmentée adoucit sur-le-champ Dame Parthénie. Expédiant sa servante du côté de Perlette, elle accède à la prière de la jeune fille. Elles ouvrent la marche sous l'œil déconfit de César-Auguste.

— Vous avez joué un petit tour à votre promis, ironise à mi-voix l'ancienne frondeuse, c'est fort

1. « Balancer » signifiait « hésiter ».

adroit de votre part, il n'en sera que plus adorateur de vos charmes.

— Je n'y tiens pas !

— Et pourtant je gage que cela arrivera. Présentement, le voilà qui se traîne tout marri au bord du *lac d'Indifférence,* mais bientôt sur un signe de vous, il courra tout droit vers la prochaine étape, *Tendresse* ou *Petits Soins*[1]...

Comme s'il s'agissait de parcourir les méandres de la Carte du Tendre ! L'enjeu est plus grave et même, vital. Anne balbutie :

— Vous ne m'avez point comprise, Madame ! Je ne veux point de ce « mécou[2] » !

— Chut ! s'affole Dame Parthénie. Si jamais il vous entendait ?

— Il apprendrait ainsi ce que je pense.

Si cette découverte pouvait le pousser à enfourcher sa rosse et à reprendre la direction de Bonnieux, quelle bénédiction ! Hélas, César-Auguste pérore avec trop de feu, à cette minute, pour écouter leur conversation. La politique du Roi, l'influence de la Reine-Mère*, l'importance de Mazarin*, la signature de la Paix des Pyrénées*... rien de ce qui agite le monde ne semble échapper

1. Quelques étapes de la « Carte du Tendre ». Le « Pays du Tendre », imaginé par Mlle de Scudéry et ses amis, répertoriait les divers chemins conduisant à l'amour.

2. Terme de l'époque pour le macaque (singe d'Asie).

au Chevalier du Colombier de Camarillon, le très sot !

Anne a les dents agacées par les éclats de sa voix stridente, comme par le grincement d'un couteau contre un plat de fer. Elle sent monter en elle une colère impossible à contenir. Une colère inconnue, désespérée et farouche.

« Je hais cet homme. »

Chapitre 15

LE DEVOIR D'OBÉISSANCE ?

À partir d'aujourd'hui, le Carême étant terminé, on a enfin la permission de l'Église de manger de la chair et de déguster des œufs ! Sur la table de la salle, nappée de blanc, il y en a une corbeille pleine.

Ils ont été cuits durs et leur coquille a pris une teinte rougeâtre car, pour la colorer, Vivette les a fait bouillir dans une eau pleine de pelure d'oignon ; ensuite, Anne les a décorés de rubans multicolores fixés par une épingle et, présentement, il lui revient de les distribuer, un à un, aux invités installés à leur place.

Soucieux de dérider sa petite-fille, Maître Ambroise fait remarquer à la ronde qu'elle est l'artisan des pimpantes décorations de ces œufs de Pâques.

Dame Parthénie la félicite :

— Mon enfant, vous avez des doigts de fée...

— ... qui font jeu avec vos pieds de déesse ! ajoute galamment Maître Desroses.

Avant de s'asseoir face à son grand-père, Anne adresse un pâle sourire à ses admirateurs. Que n'est-elle fée, en vérité, pour nouer et dénouer magiquement les fils de son Destin, ou bien déesse et s'envoler jusqu'à l'arc-en-ciel ?

Elle échapperait ainsi au sort qu'on lui prépare...

— Le Très-haut, renchérit Monsieur le Curé, a eu la bonté de vous combler de ses dons, Demoiselle.

Le cousin, sourcils froncés, saute alors sur l'occasion de se revancher des impertinences de sa promise. Même s'il tente de faire bon visage, il ronge son frein depuis l'église.

— Les gracieusetés adressées aux donzelles ne sont-elles pas aussi superflues que les friandises données aux chevaux ? demande-t-il d'un ton fat. Les compliments gâtent les femmes, chacun le sait depuis le Paradis terrestre !

Tout en décortiquant une des cailles servies en entrée, l'ecclésiastique riposte, ironique :

— Depuis le Paradis terrestre, l'on sait également que nul n'attrape les mouches avec du vinaigre, chevalier, mais plutôt grâce à une pomme !

Carlet rit bruyamment et tous sourient, sauf la jeune fille.

Que ce soit avec vinaigre ou fruit sucré, le faquin de Bonnieux ne risque pas de l'attraper, elle ! Anne lui jette un regard noir ; César-Auguste le reçoit comme un soufflet et, perdant sa superbe empruntée, se met à bredouiller :

— Voulez-vous dire, mon père, qu'afin d'amadouer les dames, il nous faut leur servir de belles phrases ?

— Oui-da, mais seulement quand ces phrases sont dictées par le cœur.

Monsieur l'Abbé Cyprien Falcon a de l'esprit ; il a compris bien des choses. Le chevalier en reste coi, car le cœur n'a pas grande part dans sa démarche.

Anne le sait, pardi !

Le chevalier de Camarillon n'a ni sou ni maille, cela saute aux yeux ; un mariage « avantageux » lui permettrait de redorer son blason. Hélas, s'il croit l'affaire conclue, grosse déception le menace : il va voir ce qu'il va voir, c'est-à-dire rien du tout !

Ces pensées passent en ombres sur le visage crispé de la jeune fille ; son grand-père l'observe. Et lorsque leurs yeux se croisent, c'est lui qui, pour une fois, détourne les siens.

— Sachez, chevalier, que si nous recevons le « paquet sérieux[1] », déclare alors Dame Parthénie, nous autres, femmes, sommes bientôt disposées à

1. « Compliment », en langage précieux.

conduire nos pas vers les délicieuses étapes que sont *« Soumission »*, voire *« Complaisance*[1] *»...*

L'ancienne frondeuse jubile de pouvoir débattre de ces riens qui, dans le domaine des sentiments, changent tout, il faut le reconnaître !

Anne se retient de hurler.

Le tour frivole de la conversation l'insupporte !

« Il s'agit de ma vie, pourtant nul ne s'en soucie pour de bon... »

César-Auguste, sa morgue soudain retrouvée, bombe du torse.

— Quant à moi, je considère, révèle-t-il avec emphase, qu'il faut parler sans fioritures au beau sexe. Quel besoin aurions-nous de louer une femme exagérément ? C'est la soumettre qu'il faut ! Son devoir n'est-il pas le devoir d'obéissance ?

D'un geste machinal, il fait rouler l'œuf de Pâques sous sa main, comme s'il était jouet, écrasant ainsi ses fragiles rosettes et...

— ... Aïe ! piaille le chevalier.

L'épingle s'est plantée dans sa paume, y faisant jaillir le sang.

« Bien fait ! » pense Anne.

— Allez donc chercher une loque pour sécher la blessure de votre cousin, *chatouno,* lui enjoint Maître Ambroise.

1. Encore des étapes de la Carte du Tendre.

— Non.

Anne a craché ce mot comme elle cracherait à la face du chevalier et avec une telle violence que tous les convives en demeurent pantois. Elle-même, étonnée par sa propre audace, garde la bouche entrouverte.

Les joues soudain violacées, Maître Ambroise semble proche de l'apoplexie. Le chevalier, aussi blême qu'après un coup d'épée, étanche son sang avec la nappe.

À cet instant, le valet, qui sert à table les jours de fête, entre dans la salle ; il apporte un énorme plat où l'agneau de Pâques, rôti et doré, exsude sa sauce aillée sur un lit de carottes, de cardons et d'olives...

Ce spectacle fait diversion.

Chacun s'esbaudit avec bruit sur la bonne mine de ce rôt. Il soulève le cœur d'Anne, autant que l'odeur de la viande. La jeune fille essaie de boire un peu d'eau, mais ses dents choquent contre le rebord du gobelet d'argent. Elle se rend compte, alors, qu'elle tremble. En refusant d'obéir, elle a franchi un pas, celui qui compte, le premier, et elle n'obéira plus. Elle refuse de s'incliner devant le devoir d'obéissance imposé aux filles.

« Il s'agit de ma vie, de ma vie à moi, après tout, et je ne la partagerai jamais avec le cousin de Bonnieux ! »

Sa propre détermination effraie Anne.

Comme l'effraie, soudain, le regard de son grand-père aussi opaque qu'un caillou et, par là même, impitoyable.

Chapitre 16

Non !

Le repas est terminé. Il va se clore sur la récitation des grâces[1], mais les convives traînent encore à table ; tous se sont bien rempli la panse, comme il se doit le jour de Pâques !

Anne est la seule à n'avoir pu avaler la moindre bouchée ; elle n'a même pas réussi à goûter aux confitures du dessert.

— À appétit d'oiseau, légèreté pareille à l'oiseau ! remarque Dame Parthénie. Lorsque notre jolie baladine dansera, elle s'envolera, je le vois d'ici...

La jeune fille tressaille.

Enfin, on lui parle un langage connu : le mot « danser » rime soudain pour elle avec « espérer » ! Oui, elle dansera encore et encore. Maître Ambroise va comprendre : il renoncera à l'obliger à se marier. Il l'aime. Anne n'est-elle pas tout ce qu'il lui reste de son fils unique ?

1. Prière pour remercier Dieu du repas qu'on vient de prendre.

Et le promis s'en ira... au diable !

Hélas, pour l'instant, César-Auguste énonce d'un air docte :

— Danser ne convient point, m'est avis, à l'état de femme mariée.

Le notaire saisit cette perche.

— Justement, dit-il, parlons mariage !

Et l'espoir d'Anne éclate comme bulle de savon.

Prenant appui des deux mains sur la table, le vieil homme se lève péniblement pour annoncer :

— Mes amis, j'ai le bonheur de vous faire assavoir que ma petite-fille, Anne, et mon cousin, César-Auguste, vont échanger devant vous la promesse de se marier. Monsieur le Curé, ici présent, les bénira.

Alors, la jeune fille se dresse d'un bond si vif que son siège se renverse :

— Non ! crie-t-elle.

Et elle fuit vers la porte.

Il y a deux secondes de stupeur générale. Le notaire retrouve en premier ses esprits :

— Ramenez céans votre promise ! ordonne-t-il au chevalier.

Celui-ci se précipite, mais s'il croit rattraper une baladine... chansons ! Elle lui claque déjà le battant au nez, détale vers l'escalier sombre et le monte en courant ; César-Auguste gravit encore les marches qu'elle franchit le palier de l'étage. Filant le long du couloir, elle fonce dans sa chambre, s'y enferme à double tour et, là, elle fond en larmes.

Son poursuivant essaie d'ouvrir. Trop tard !

— Vous, l'apostrophe-t-elle, rentrez à Bonnieux et n'en sortez plus !

D'où Anne tire-t-elle son courage ? Elle-même ne se l'explique point. Ou alors... se peut-il que le diamant lui en ait donné ? Cette pierre[1] confère vaillance à son possesseur, raconte-t-on.

Si c'était vrai ?

Et, à cette minute, le diamant du Roi brûle contre la peau de la jeune fille...

— Ouvrez-moi, cousine ! s'irrite le promis.

— Non.

— Vive Dieu, n'avez-vous que ce mot à la bouche ?

— Quand je vous vois, certes oui !

L'autre a du mal à avaler cette savoureuse douceur.

— Pour qui vous prenez-vous, insolente ? éructe-t-il. Vous croyez-vous tout permis parce que vous portez un diamant comme une dame ?

Ainsi donc, il l'a vu ? Et Anne riposte :

— Je le porte surtout comme le cadeau du Roi de France, savez-vous ?

1. Selon la croyance populaire, chaque pierre précieuse possède une propriété particulière qui se transmet à celui qui la porte.

Cela clôt le bec du prétendant !

Il repart dans un martèlement de bottes, pour chercher de l'aide, sans doute. Et la jeune fille se sent prise au piège. Maître Ambroise finira par l'obliger à ouvrir sa porte...

Que faire, adonc ?

« Si quelque jour, vous avez besoin d'aide, jolie Iris, n'hésitez point à nous solliciter... »

Le Roi l'a dit.

Elle croit l'entendre.

Hélas, tant de lieues les séparent... ! Elle ne peut aller se mettre sous sa protection.

Anne est seule, face au danger.

Et pour trouver un surcroît de courage, elle serre dans son poing le diamant du Roi.

Chapitre 17

Pour la dernière fois

Soudain, elle entend le pas pesant de son grand-père ébranler l'escalier ; il le monte lentement marche après marche, sans s'appuyer sur Carlet.

Il vient seul.

Elle l'écoute approcher.

Le châtiment est en marche, dirait-on.

Anne comprend que sa petite vie heureuse, somme toute, bascule présentement dans le malheur. Le notaire va s'obstiner. Pour la forcer à dire oui, il la punira. Et il commencera par lui confisquer le diamant du Roi, elle le pressent.

— Anne...

La voix du notaire résonne au bout du couloir. La jeune fille ne répond pas ; elle ouvre le fermoir de sa chaîne de baptême pour en faire glisser la pierre...

— Anne ? répète Maître Ambroise d'un ton à la fois courroucé et las.

Il frappe au battant avec sa canne.

— Ouvrez cette porte !

Le cœur lui cognant jusque dans la gorge, Anne regarde autour d'elle.

Où cacher le diamant ?

Si quelqu'un le cherche, il ira directement fouiller sous le matelas, dans l'oreiller, ou derrière le chandelier. Alors, avisant le petit bénitier accroché au mur, la jeune fille s'en approche à pas de loup et y laisse couler la pierre.

Voilà une bonne cachette !

Personne n'ira dénicher un diamant au fond d'une coquille d'eau bénite, sous la branchette verte qui a remplacé la séchée, lors de la dernière fête des Rameaux[1]...

Anne fait le signe de croix.

Derrière la porte, Maître Ambroise rugit :

— Ouvrirez-vous, Anne, oui ou non ? Si vous n'obéissez pas, je ferai casser votre porte et je vous fouetterai au sang !

— Je vous ouvrirai, *paire,* pleure-t-elle, à condition que vous consentiez à m'écouter...

— Soit, je vous écouterai, *chatouno.*

Et elle ouvre.

1. Fête religieuse qui précède Pâques d'une semaine ; en cette occasion, les fidèles rapportent de l'église des rameaux bénis (rappelant l'entrée du Christ à Jérusalem) et les conservent chez eux jusqu'à l'année suivante.

*

Ils se regardent.

Comme ils ne se sont, sans doute, jamais regardés.

Tous les deux sont à bout de souffle. Lui a les yeux injectés de sang, elle, les paupières gonflées de larmes.

— Qu'avez-vous à me dire ? demande-t-il d'une voix rauque.

— Vous le savez.

Elle hoquette :

— *Pieta* [1] !

— Je ne puis reprendre ma parole, Anne, murmure Maître Ambroise. J'ai promis au chevalier de vous marier tous deux ensemble.

— Alors, seigneur *paire,* faites-le attendre... un peu !

Si on lui accorde un délai, la jeune fille trouvera bien une idée, une astuce, ou une ruse pour échapper à son prétendant, elle le sait ! Et, pour convaincre son grand-père, elle lui baise la main.

Il se dégage d'un geste sec.

— Je n'ai plus de fils auquel léguer mes affaires, dit-il, et j'en ai choisi un de remplacement. Il vous prendra avec le reste. Il n'y a pas à revenir là-dessus.

1. « Pitié ! », en provençal.

Le regard d'Anne vire au noir. La même colère que tout à l'heure lui reflue brusquement au cœur, tachant ses joues de rouge.

— Nul ne remplacera jamais mon père céans, siffle-t-elle, et, partant, nul ne disposera de moi comme d'une poupée. Plutôt que de le souffrir, j'irai m'enfermer dans un couvent...

Tel un feu de broussailles, la colère d'Anne se propage à Maître Ambroise.

— Et qui vous demande votre avis ? tonne-t-il. *Nom de Diéu !* Danser pour le Roi vous a échauffé la tête, on vous la refroidira bientôt, croyez-moi !

Il saisit la jeune fille par le poignet.

— Descendons dans la salle, Monsieur le curé y bénira vos fiançailles avec le chevalier, ainsi que je l'avais décidé... *Amen !*

— *Paire, pieta !* supplie-t-elle encore.

Une fois bénie, la promesse ne pourra être rompue. Il sera impossible à la jeune fille de reculer ou se dédire[1].

Le notaire ne l'écoute plus.

— Merci de ma vie ! halète-t-il. Pourquoi ai-je voulu faire de vous une Demoiselle des Jonchères ? Vous n'êtes qu'une fille de peu comme l'était votre mère...

1. Les fiançailles représentaient un engagement sérieux, difficile à briser, puisque béni par l'Église.

Il abandonne son bâton et, d'une main de fer, il entraîne Anne derrière lui ; la fureur décuple les forces du vieil homme. La jeune fille résiste, il réussit à l'obliger à avancer. Mais lorsqu'ils arrivent à l'escalier, Maître Ambroise a comme un fléchissement et relâche prise une seconde ; il ahane.

S'arrachant à sa poigne, Anne dévale quatre à quatre, jusqu'au vestibule. Elle va fuir vers la rue, le chemin, puis la colline...

« Et je me cacherai n'importe où dans la garrigue ! »

Oui, n'importe où, du moment qu'elle échappe au cousin et, du même coup, au Destin...

— *Chatouno,* appelle alors son grand-père.

Anne se retourne involontairement ; il tend les deux bras vers elle.

— *Paire...* murmure-t-elle, oubliant sa colère.

Il l'a comprise enfin ; son geste le prouve.

À cette minute, déséquilibré, il bascule en avant et dégringole l'escalier. Dans l'affreux bruit de sa tête qui cogne de marche en marche y laissant une traînée sanguinolente, il vient rouler aux pieds d'Anne.

Elle tombe à genoux :

— *Paire...*

Elle pose la main sur le front meurtri de son grand-père. Il la regarde comme s'il se trouvait déjà très loin.

— *Chatouno*... répète-t-il avec effort.

Il la nomme ainsi pour la dernière fois, Anne le comprend soudain. Elle se souvient de son père, Jan des Jonchères, lui adressant, à l'instant de mourir, pareil regard d'au-delà. Alors, les mêlant tous deux dans le même sentiment, elle serre son grand-père à pleins bras avec un cri d'enfant effrayé :

— Papa...

Autour d'Anne, il y a soudain un fracas de portes ouvertes à la volée et des clameurs.

Elle n'entend plus rien.

Il faut lui détacher les doigts, un à un, pour la séparer de Maître Ambroise.

Chapitre 18

CONTRE UN VENT MAUVAIS

Orgon,
Le 5e de mai 1660

Il y a quarante jours que son grand-père est mort.

« Par ma faute », se répète Anne.

Si elle ne s'était pas rebellée, il ne se serait pas rompu le crâne dans l'escalier. La hanche du vieil homme aurait sans doute lâché à la cuisine, ou ailleurs en terrain plat, et on aurait sûrement pu le relever vivant après sa chute.

La culpabilité ronge la jeune fille.

Depuis l'enterrement de Maître Ambroise, elle s'est claustrée dans sa chambre ; Vivette lui monte ses repas et en profite pour la tenir, à mi-voix, au courant des événements...

Pecaïre !

Le chevalier de Camarillon a pris possession de la maison des Jonchères.

Sous prétexte qu'avant son accident fatal, le notaire l'avait choisi pour « fils », César-Auguste, le mal nommé, se prélasse maintenant au fond de son alcôve, fouille parmi ses papiers, et mange dans son écuelle.

À l'imaginer, Anne a envie de vomir de dégoût et peur.

Bientôt, ce profiteur voudra lui imposer mariage afin de parachever sa position, elle le sait. Le temps du deuil a tenu la jeune fille à l'abri[1]. Ce temps, hélas, s'achève et elle se terre derrière sa porte close à double tour : une façon dérisoire d'échapper au jour le jour à son ennemi.

Mais comment lui échapper définitivement ?

Il se méfie d'elle, dirait-on ; il garde la grosse clef de la porte cochère dans le cabinet. Carlet l'a appris à Vivette qui a transmis ce renseignement à Anne. Si jamais elle se hasardait à sortir de sa chambre, elle ne pourrait aller plus loin que le vestibule...

Du reste, où existe-t-il un « plus loin », pour elle ?

Nulle part !

Elle n'avait qu'un refuge, la maison l'Espine, or Dame Parthénie s'en va demain pour Paris. Oui, ça y est, voyant la noce compromise, elle reprend enfin la route de la Capitale ! Aux yeux d'Anne, sa

1. On ne pouvait faire fête en période de deuil.

vieille protectrice l'abandonne. Selon le rapport de Vivette, elle est venue, hier, faire ses adieux à la jeune fille et le chevalier ne l'a pas laissée entrer...

Aussi, ce matin, encore réfugiée dans son lit, malgré la chaleur de ce début mai, Anne se sent vraiment seule au monde, si seule qu'elle se met à fredonner tout bas, une bribe de la chanson du Roi.

Dieu nous l'a donné
Qu'il nous le garde longtemps !

Le Roi...

Alors, comme s'il l'invitait à la danse, la jeune fille se lève, ôte son bonnet de nuit, arrondit les bras, tend les pointes de pied et fait un pas glissé.

Danser...

Danser comme le jour du Roi...

Ce serait une vraie consolation, ou plutôt, l'unique consolation !

*

Une minute plus tard, Anne ouvre le coffre où est rangé son trousseau, en sort la robe d'Iris, son voile, et les souliers d'argent. D'un tournemain, elle enfile par-dessus sa chemise de nuit la précieuse « volante ».

Impossible de la fermer sans aide ?

Tant pis !

Anne la garde à demi ouverte, de guingois sur les épaules et elle met les chaussures à talons ; pareilles à celles, enchantées, des contes, elles l'emportent dans la danse...

« Pas de bourrée, emboîté, pirouette... »

Esquissant ces pas, la jeune fille essaie de retrouver, avec quelques notes de la mélodie de Boesset, l'impression ineffable du jour du Roi...

Elle enfouit son visage dans la mousseline.

« Jolie Iris...

Descendez-vous donc directement de l'Olympe ?

Restez plutôt à jamais notre danseuse... »

Un coup frappé à la porte disperse les souvenirs d'Anne.

— Cousine, veuillez m'ouvrir, réclame le chevalier, je dois vous entretenir d'un sujet essentiel !

Même si elle s'attendait à sa venue, elle en reste d'abord saisie, l'écharpe au bout des doigts, puis elle réussit à rétorquer :

— Je n'ai rien à vous dire, Monsieur.

— Qu'importe, puisque c'est moi qui dois parler ?

Le souffleter, le bourrer de coups de pied, arracher ses vilains cheveux... voilà ce qu'elle souhaiterait ! Anne sent monter en elle une violence qui lui coupe la respiration.

— Ce que vous avez à m'apprendre ne m'intéresse pas, dit-elle d'une voix frémissante, et je ne vous donnerai certainement pas le droit d'entrer chez moi !

— Préférez-vous que j'enfonce la porte ?

Anne se tait.

Elle a l'impression d'être dans un cul-de-sac.

Lorsque, soudain, qu'entend-elle ? Le chevalier s'en prend à Vivette qui apporte à la jeune fille le pain et le potage de son petit déjeuner.

— Demande à ta maîtresse d'ouvrir sa porte sur-le-champ, glapit le malotru, ou bien je te chasse !

Il le ferait, Anne le sait.

Elle se résout, alors, à tourner la clef dans la serrure et à entrebâiller. Après tout, la présence de la vieille servante a quelque chose de rassurant ou de protecteur.

Mais quand d'une bourrade, le chevalier pousse le battant, puis surgit, la jeune fille frissonne.

— Bientôt, je n'aurai plus besoin de votre permission pour entrer dans votre ruelle, Mademoiselle, annonce-t-il.

Elle n'ose comprendre, mais elle a compris, et Anne pâlit à défaillir. Lui, poursuit d'un ton faraud :

— J'arrive de l'église où je viens de remplir les divers papiers nécessaires à notre union et nous serons mariés après-demain, le septième jour de mai.

Vivette (qui dépose la collation sur la table) pousse un petit cri.

— De quoi te mêles-tu, *fremo*[1] ? s'irrite le chevalier. *Vaï*[2] *!*

La vieille servante ne sait que faire : laisser la *chatouno* avec ce méchant homme ? Elle en a la larme à l'œil !

— Ne t'inquiète pas pour moi, Vivette, chuchote la jeune fille.

Brusquement, elle n'a plus peur. Elle pense au diamant royal. Il lui donne vaillance, même caché au fond du bénitier.

Anne serre les poings sur le voile d'Iris.

Et dans sa robe mal attachée, elle a soudain l'air d'une déesse aux tresses désordonnées luttant contre un vent mauvais...

1. « Femme », en provençal.
2. « Va-t'en »

Chapitre 19

Un soulier à talon...

Quand ils sont seuls, le chevalier la lorgne et son œil s'arrête, au-delà de la soie violette, sur le cou délicat de la jeune fille où brille la chaîne de baptême avec sa croix, mais pas plus.

— Tiens donc, cousine, s'étonne-t-il, je ne vois point votre diamant.

Une chance que, le jour de l'enterrement, elle ait été enveloppée de voiles de deuil, puis calfeutrée dans sa chambre ensuite ; l'intrus n'a pensé au diamant du Roi qu'aujourd'hui.

Anne fronce les sourcils.

— Je ne vois pas en quoi cette pierre vous concerne, Monsieur, dit-elle avec hauteur.

Il sourit.

« Rien de plus laid qu'un sourire de méchant : toute son âme apparaît sur ses lèvres et dans son regard. »

— Cela me concerne, susurre César-Auguste, car je suis présentement le maître céans.

S'indigner ou protester devant tant d'outrecuidance ne servirait de rien. Mieux vaut mentir, Anne le comprend ; elle affirme précipitamment :

— J'ai remis le diamant à mon grand-père cinq minutes avant sa chute.

Le chevalier fait la grimace.

— Cette pierre serait donc restée sur notre défunt ou bien aurait roulé dans l'escalier ?

La jeune fille hausse les épaules :

— Je ne sais.

— Avoir perdu le diamant du Roi, persifle-t-il, méfiant, ne semble pas vous affecter outre mesure, cousine ?

— Parce que j'ai perdu bien plus précieux, je vous le rappelle !

L'autre esquisse un maladroit signe de croix.

Un lourd silence suit.

Dans la chambre aux fenêtres fermées, la chaleur est étouffante. Plus loin, sur les Alpilles, on entend rouler le tonnerre.

Sous son pourpoint de laine grossière, César-Auguste sue à grosses gouttes, dégageant une écœurante odeur de mouton.

Anne se détourne, le nez froncé de dégoût. Le puant s'en trouve fort marri !

Après avoir essuyé son front luisant d'un revers de manche, il revient à l'attaque avec une énergie rageuse :

— Vous êtes une diseuse de pas vrai, cousine ! braille-t-il. J'y mettrai bon ordre quand nous serons mariés.

Elle riposte d'une voix aiguë, prête à se casser en sanglots.

— Je ne vous épouserai pas. J'aimerais mieux me jeter dans la Durance !

— Voyons, s'offusque-t-il, ne le prenez pas avec tant de feu, ma mie.

Il s'avance vers elle. Anne recule.

— Votre mie ? s'insurge-t-elle. Je ne le suis point et je ne le serai jamais !

Il objecte aussitôt :

— Vous n'avez pas d'autre choix, pourtant, car c'était la dernière volonté de votre aïeul.

— Non, balbutie Anne, il avait changé d'avis. *Paire* s'apprêtait à vous en avertir quand...

Elle se tait, suffoquée par les larmes.

D'un geste brutal, César-Auguste l'empoigne par le bras.

— Quelles sont ces sornettes ? Chaque fois que vous parlez, vous dites une menterie !

Et lorsque la jeune fille tâche de se dégager, il la secoue :

— Pour qui vous prenez-vous, hein ?

Soudain hors de lui, il se met à vociférer :

— Bâtarde, vous n'êtes qu'une bâtarde ! Votre père vous a conçue hors mariage avec une putain de baladine, je le sais, votre aïeul me l'a révélé ! Vous avez eu grande fortune qu'il ait consenti à vous traiter comme sa petite-fille légitime...

— Parce que je le suis !

— Que nenni ! crie-t-il. M'épouser est votre unique chance de devenir quelqu'un de respectable !

Il la secoue derechef et les tresses d'Anne voltigent. Ainsi maltraitée, elle en oublie sa peine.

— Ce « respect » auquel vous tenez tant, Monsieur, demande-t-elle d'une voix entrecoupée, ce « respect », adonc, aurait-il l'argent des Jonchères pour contrepartie ?

Ébahi, il la lâche.

Il l'a crue sotte ou puérile, il s'est trompé ! Et le regard qu'elle lui adresse cloue au sol le chevalier.

— Vous êtes pauvre, dit-elle avec mépris.

Il bredouille :

— « Pauvreté n'est point vice. »

— Chez vous, oui, elle l'est, car votre pauvreté est celle de l'âme.

Le souffle court, elle désigne la porte :

— Sortez, maintenant, Monsieur, et si vous continuez à me harceler, sachez que j'irai réclamer justice au Roi !

César-Auguste reste un instant interdit, puis éclate d'un rire grinçant.

— Écoutez-la ! Peste ! Vous croyez-vous sur une scène de théâtre... vous aussi ? se gausse-t-il, le très grossier. Rabattez-en un peu, Demoiselle ! Pour courir sus au Roi, comment bougeriez-vous d'Orgon, hein ?

Dans sa rancœur, il a raison.

Le visage d'Anne se défait ; si elle se laissait aller, elle pleurerait. Ses petits yeux noirets soudain allumés, le chevalier l'observe bizarrement.

— Vous serez mienne, bafouille-t-il d'une voix rauque.

Sur ces mots, les mains en crochet, il essaie de l'attraper. Anne réussit à l'esquiver, mais il se jette sur elle, l'immobilisant par le cou ; elle en lâche l'écharpe. La robe d'Iris a glissé avec la chemise, et l'épaule de la jeune fille est dénudée ; le chevalier y mord avec une espèce de voracité haineuse.

Anne hurle ; il la gifle :

— Tenez, drôlesse !

Elle se tait, étranglée de stupeur et de douleur.

— Vous aurez quelque jour bien d'autres raisons de crier, ma mie, halète-t-il.

Il l'entraîne, il la pousse vers le lit, elle se débat, perdant un soulier dans la lutte, et elle trébuche. Le chevalier, déséquilibré par le poids de la jeune fille, chancelle, puis tombe à genoux.

Alors, ramassant prestement la chaussure, Anne frappe son agresseur en pleine figure avec le talon d'argent. César-Auguste se met à beugler, une main sur les yeux. Et le sang dégouline entre ses doigts...

Chapitre 20

OSEZ, DEMOISELLE !

Anne tente de se relever.

En vain.

Ses jambes tremblent si fort qu'elle retombe par terre ; trop choquée par ce qui vient de se passer, la jeune fille ne peut plus bouger.

Le chevalier, lui, réussit à se mettre debout ; le visage ensanglanté, les mains tendues devant lui comme celles d'un aveugle, il titube jusqu'à la porte.

— Tu me le paieras, bâtarde ! éructe-t-il.

À tâtons, il extirpe la clef de la serrure, sort d'un pas incertain et, à double tour, enferme la jeune fille.

— *Que passa ?* s'époumone alors Vivette, depuis l'escalier.

La servante accourt, ameutée par les cris. Anne l'appelle d'une voix faible, trop faible pour qu'on l'entende, et sa tête tourne, tourne, soudain, ses oreilles bourdonnent à l'assourdir...

Elle s'évanouit.

*

Combien de temps cela dure-t-il ?

Elle l'ignore.

Quand Anne revient à elle, une lumière de plomb craquelée par des éclairs emplit la chambre. L'orage tonne maintenant sur Orgon ; son fracas couvre tous les bruits de la maison. La jeune fille ne peut deviner ce qui s'y passe, mais la peur la suffoque tout à coup.

En blessant le chevalier, pis en l'éborgnant si ça se trouve, Anne aura tort aux yeux de tous, même si elle s'est légitimement défendue. Il se peut qu'on la traîne au tribunal ou qu'on l'enferme en prison.

Vite...

Il n'est plus temps de tergiverser !

Elle doit fuir.

Maintenant, elle parvient à se redresser. Quoique rompue, elle tient debout.

« Le diamant du Roi... »

Anne ne le laissera pas derrière elle, ça non !

Un pied toujours chaussé, l'autre non, elle clopine jusqu'au bénitier et y plonge les doigts pour récupérer son talisman...

« Personne ne me le prendra ! »

Elle l'accroche fiévreusement à sa chaîne, puis ôtant la « volante » d'Iris, elle s'habille à la hâte, n'importe comment, passant par-dessus sa chemise de nuit sa robe de tous les jours. Dans sa panique, elle oublie de coiffer son bonnet et reste à demi déchaussée. Boitillant à la porte, elle essaie de l'ouvrir, un effort inutile.

La fenêtre... alors ?

Elle s'y précipite.

L'enjamber, s'accrocher à la glycine qui grimpe le long de la façade, sauter dans la rue au risque de se briser les os et courir en direction de la colline ?

La jeune fille n'a pas d'autre solution.

La pluie qui, entre deux coups de tonnerre, tombe brusquement en cataracte n'incitera pas les gens à sortir ; personne n'assistera à l'évasion d'Anne des Jonchères. Une fois là-haut, elle demandera secours à Dame Parthénie...

La fugitive s'apprête à ouvrir la fenêtre, quand :

— Demoiselle, murmure dans son dos une voix d'homme.

Étouffant un cri, Anne se retourne : la porte s'est entrebâillée sur le clerc ; en deux enjambées, il rejoint la jeune fille.

— Vivette a calmé le chevalier en lui donnant à boire une infusion endormeuse, chuchote-t-il précipitamment. Du coup, j'en ai profité pour subtiliser la clef de votre chambre et de la porte cochère, donc je vais pouvoir vous ouvrir en bas.

Anne bredouille :

— *Gramaci,* Carlet.

— Il faut vous mettre sous la protection de Dame Parthénie, lorsqu'il est encore temps, Demoiselle !

Elle répète *« Gramaci »,* sans savoir que dire d'autre. Ainsi, le grand rouquin l'avait prise en amitié sans qu'elle s'en doutât ? À cette minute, il lui apparaît comme un ange envoyé par le Ciel...

— Il faut faire vite ! poursuit Carlet. Le chevalier finira, hélas, par se réveiller, seulement demain, espérons, mais sait-on jamais ?

Il ramasse le deuxième soulier pour le rendre à la jeune fille, qui le chausse machinalement. En vérité, elle a la tête plus vide qu'un tambour. Avisant la robe d'Iris, en tas par terre, le clerc la ramasse aussi.

— Vous la portiez tantôt ?

Anne acquiesce.

— Dans ce cas, emportez-la, Demoiselle, et n'oubliez pas le voile !

— Pourquoi ?

— Afin d'égarer le chevalier.

Le clerc s'explique :

— Quand, revenu céans, il trouvera porte fermée et chambre vide, ce brutal tentera de comprendre. Ne voyant plus ni votre robe, ni l'écharpe, ni vos souliers, il croira que vous vous êtes sauvée par la fenêtre dans les mêmes vêtements qu'il vit sur vous.

— Et cela a-t-il une importance ?

— Certes, Demoiselle, car le chevalier ne pensera jamais à nous accuser, Vivette et moi, d'avoir déverrouillé les portes pour vous permettre de fuir.

Malgré son ébahissement, Anne comprend alors que le clerc et la servante risquent, en l'aidant, jusqu'à leur vie ou leur liberté. Oui-da, ce sont bien des anges, tous les deux !

— Après votre départ, poursuit Carlet, je refermerai partout, puis je remettrai les clefs à leur place, mais avant...

Il va ouvrir en grand la croisée.

Et la pluie entre en rafale dans la chambre abandonnée...

*

Au pied de l'escalier, Vivette les attend. Anne se jette dans ses bras.

— *Adéssias, chatouno, adéssias*[1] *!* sanglote la vieille servante.

La jeune fille se met à pleurer aussi ; personne ne l'appellera plus jamais *« Chatouno »,* maintenant...

1. « Adieu », en provençal.

— *Despechau !* la presse Carlet.

Entrebâillant alors la porte cochère, il souffle à Anne :

— Que Dieu vous garde !

Elle lui adresse un sourire tremblant.

Et, une fois encore, elle se souvient du conseil de Maître Desroses, le jour du Roi : « Osez, Demoiselle ! »

Cet ordre ressemble à une devise.

Et Anne ose.

Le costume d'Iris roulé sous le bras, elle s'élance au-dehors.

Chapitre 21

Iris de Beauregard

Sa marche éperdue lui rappelle le jour où elle est montée sous la tourmente réclamer de l'aide à Dame Parthénie qui a répondu non...

Mais, aujourd'hui, elle dira oui !

La jeune fille veut le croire.

Flagellée par l'averse, elle grimpe maintenant le raidillon en se tordant les chevilles sur ses talons d'argent ; le costume d'Iris l'embarrasse dont la queue de soie serpente dans la boue avec un pan du voile, mais plus lourd encore est le mot qu'Anne traîne derrière elle :

Bâtarde...

Le chevalier a-t-il menti ou dit vrai ? Se peut-il qu'elle soit née d'un péché mortel* : celui de ses parents ? Anne essaie d'écarter cette idée lorsqu'une certaine remarque de Maître Ambroise lui revient, aussi blessante qu'un coup de couteau :

« Pourquoi ai-je voulu faire de vous une Demoiselle des Jonchères ? Vous n'êtes qu'une fille de peu comme l'était votre mère... »

Sur les joues d'Anne, les larmes se mêlent maintenant à la pluie. Si elle n'a aucun droit à se nommer « Anne des Jonchères », qui est-elle, alors ?

*

Mais il y a d'autres problèmes.

La jeune fille s'en affole.

Elle a toujours agi au jour le jour, suivant les consignes de son grand-père. Présentement, c'est à elle de décider comment se conduire et elle ne sait pas encore...

Comment convaincre la dame de l'emmener à Paris ?

Si elle n'accepte pas de la cacher dans sa voiture, Anne est perdue. En vérité, sa vie tient au « oui » de l'ancienne frondeuse ; pour la forcer à le prononcer, quel argument employer ?

Peut-être : « Je vous ai rendu service auprès du Roi, à votre tour de m'aider... » ? Cependant, n'est-ce pas impoli de rappeler à un obligé ce qu'il vous doit ? Oui, certes, ça l'est. Mais l'heure est-elle encore à la politesse quand on défend sa peau ?

Ces questions futiles sont vitales, hélas, Anne ignore leurs réponses. Sur cette terre, il n'y a plus personne pour les lui souffler. Perdue dans ses pensées angoissantes, elle n'aperçoit pas la silhouette haillonneuse qui, de buisson en taillis, la suit pas à pas...

*

Enfin, la jeune fille parvient à la poterne de la maison l'Espine et en secoue la cloche de toutes ses forces.

Nul ne répond.

Dame Parthénie serait-elle partie avec un jour d'avance ? À imaginer cette éventualité, Anne manque se sentir mal ; avec l'énergie du désespoir, elle fait tinter la cloche derechef.

Nul ne bouge.

— Dame Parthénie ! appelle la jeune fille.

Sa voix se perd dans la tempête, autant que le son aigrelet de la cloche.

Mais, brusquement surgi, *lou Fada* se précipite vers Anne.

— *Bello...*

Elle sursaute et recule, plus surprise qu'effrayée, au vrai, car Anne n'a pas vraiment peur de l'idiot, moins que du chevalier, en tout cas.

— *Vaï, Fada, vaï !* bredouille-t-elle.

— *Noun !*

— Je n'ai rien à manger pour toi, aujourd'hui, tu sais ?

Il s'obstine, cependant, gesticule, montre le sentier qui, contournant le monastère tout neuf[1], audelà de l'enceinte de la maison l'Espine, monte à l'oratoire de Beauregard*.

Anne fronce les sourcils.

Le *Fada* lui indiquerait-il par hasard un autre chemin pour accéder chez Dame Parthénie ? Cela se peut. Il connaît mieux la colline que tous les mulots de la garrigue.

Et, tout à coup, la jeune fille se décide : elle le suit. Au point où elle en est, après tout...

*

Il chemine devant, elle derrière, jusqu'à l'oratoire, en effet.

La pluie redouble.

Le tintamarre de l'orage fait résonner le ciel devenu presque noir. Quand la foudre explose en une traînée de feu sur les ruines du château des Guise, Anne et *lou Fada* courent s'abriter dans le petit sanctuaire.

Dans l'ombre, une Vierge couronnée veille, l'Enfant divin au bras. Elle a été sculptée dans le bois il

1. Le monastère a été construit à partir de juillet 1638, deux mois avant la naissance de Louis XIV, et terminé en avril 1660, l'année de la visite du Roi.

y a tellement d'années que personne ne peut en dire le nombre mais, depuis le même nombre d'années, cette statue de la Mère de Dieu protège Orgon* et ses habitants.

Lou Fada tombe à genoux devant elle, Anne aussi qui murmure, les mains jointes :

— Mère, protégez-moi.

Dans ce refuge sombre et quiet, elle a l'impression de l'être, en effet, protégée. Un éclair jette une lueur par l'unique meurtrière du mur et, une seconde illuminée, la Vierge Marie semble sourire à Anne...

Alors, brusquement, la jeune fille sait ce qu'elle doit faire.

« Puisque je ne puis être une "Jonchères", je serai autre... »

Ce sera la seule manière d'échapper au chevalier.

« ... Et je deviendrai Iris de Beauregard... »

Le Roi de France lui a donné son nouveau prénom et la Reine des Cieux son nom de famille. En vérité, ne sont-ils pas plus beaux à porter qu'une identité apportée par mariage ou légitime naissance ?

— *Gramaci*, Sainte Mère de Dieu, murmure la jeune fille.

Puis elle pose la main sur le diamant du Roi.

Voilà.

Elle a tous les courages.

Iris se relève. *Lou Fada* l'imite. La pluie s'apaisant, ils sortent. L'idiot conduit la jeune fille le long d'une sente qui se glisse entre le monastère et la maison l'Espine jusqu'à un éboulis de sa muraille...

Lou Fada aide Iris à l'escalader. Ils sautent dans le jardin.

Elle est arrivée.

Et elle regrette de ne pouvoir remercier le pauvre homme par un bout de pain ou un pilon de poulet. Quoique ce serait si peu en regard de son aide... ! Alors ce qu'Anne des Jonchères ne pouvait se permettre, Iris de Beauregard l'ose : elle pose un baiser sur la joue hirsute de l'idiot.

Il s'enfuit en cabriolant.

La jeune fille le suit un instant des yeux.

Pourquoi Dieu a-t-il voulu que cet homme misérable ait noble cœur de chevalier, tout au contraire d'un certain chevalier dont le cœur est vraiment misérable ?

Il y a bien des mystères ici-bas...

Et elle part en courant vers la maison l'Espine ; un immense arc-en-ciel passe au-dessus, qui enjambe la colline...

Troisième partie

ESCALADER L'ARC-EN-CIEL

C'est dans les choses difficiles que nous faisons paraître notre vertu.

Louis XIV

Chapitre 22

Vers une autre vie...

Paris,
Le 10e de juillet 1660

Rompus, poudreux, hagards et soulagés, ainsi se montrent Dame Parthénie et Maître Desroses en cet après-midi d'été où, installés au fond de leur coche traîné par quatre chevaux fourbus, ils arrivent dans un bruit de grelots et de sabots à la barrière de la Porte Saint-Germain[1].

Les deux voyageurs s'écrient en chœur :

— Nous voilà enfin rendus !

Face à eux, leur petite servante sommeille sur le siège inconfortable réservé à personne de son espèce, la tête inclinée sur l'épaule et ses tresses blondes dépassant de son bonnet.

1. Cette porte fut détruite plus tard, toujours sous le règne de Louis XIV.

— Voyez, Madame, comme notre Iris dort avec grâce, chuchote le Maître à danser ; même entre les bras de Morphée, elle a posture de baladine.

— C'est ainsi qu'elle finira sans doute.

L'ancienne frondeuse soupire :

— Quel autre avenir pour cette enfant ? Elle n'a plus ni position ni identité officielles et elle a dérogé[1] sans le vouloir !

— Il ne lui reste qu'à devenir une artiste, certes, acquiesce le baladin.

Dame Parthénie se rembrunit.

Combien elle se repent d'avoir accepté d'emmener à Paris la petite-fille de son notaire ! Mais... Tudieu ! Quelle affreuse morsure elle avait à l'épaule... ! Il n'aurait pas été chrétien d'abandonner aussi fragile donzelle entre les pattes d'un brutal, n'est-ce pas ? Cela dit, l'entêtée l'avait pris à rebrousse-poil ! Avec un peu d'adresse, elle en aurait fait son « toutou », selon l'expression moderne, d'autant qu'il avait déjà l'air d'un chien coiffé.

À cette idée, Dame Parthénie laisse échapper un gloussement.

Connaissant l'épisode du coup de talon, elle serait plus charitable, mais la jeune fille n'a pas osé le lui

1. Socialement, tomber dans un milieu inférieur à celui de ses origines.

avouer. Qu'elle ait frappé un noble risquait d'indisposer sa protectrice ! Et Anne a gardé le secret.

Si, un jour, elle le révèle à quelqu'un, ce sera au Roi.

Rien qu'à lui.

*

Elle entrouvre les paupières, puis les referme aussitôt. Elle préfère feindre de dormir. Au fond, elle craint d'ouvrir les yeux.

Paris était son but et maintenant qu'elle l'a atteint, il lui fait peur.

À cette minute, elle se sent beaucoup plus Anne la timide qu'audacieuse Iris ! À moins qu'elle ne soit presque... Babèu ?

Le baladin, sans doute inspiré par son passé théâtral, a eu l'idée de déguiser la fugitive pour mieux la cacher. Babèu, donc, a bien voulu donner sa coiffe, son corselet, son fichu, ses jupes et son tablier de tous les jours en échange de la jolie Perlette et d'un petit sac d'écus « pour tenir sa langue ». Mais la tiendra-t-elle ?

Parfois, couchée tout habillée dans un grand lit d'auberge avec d'autres servantes[1], ou sur une

1. Dans les auberges, à l'époque, les voyageurs dormaient souvent à plusieurs par lit.

paillasse dans la chambre de Dame Parthénie, Anne en a eu des insomnies. Seule, la voix du Roi réussissait à la tranquilliser.

« Si quelque jour, vous avez besoin d'aide, jolie Iris, n'hésitez point à nous solliciter. »

Le Roi l'a dit. Elle a confiance en lui. Elle se mettra sous sa protection... mais quand ? Louis XIV ne se trouve point encore dans son Louvre, a-t-elle appris.

S'étant marié le neuvième jour de juin à Saint-Jean-de-Luz, à la frontière espagnole, le monarque remonte présentement vers la Capitale et s'arrête dans chaque ville pour y montrer sa Reine, la princesse madrilène Marie-Thérèse d'Autriche. Il ne rentrera dans la grand-ville qu'après le quinzième d'août ; Anne l'a entendu conter par les colporteurs, les cochers ou les voyageurs faisant étape aux relais de poste où s'arrêtait la voiture de Dame Parthénie.

Le Roi, marié ?

La jeune fille a du mal à en admettre l'idée.

Il a été également apparié à une inconnue qui est sa cousine, mais il n'a pas refusé de l'épouser, lui ! Sait-elle danser, au moins[1], cette épouse imposée ?

Iris souhaite que non !

1. La Reine Marie-Thérèse dansait mal, en effet.

Si la Reine danse peu ou mal, l'aimera-t-il ? Cela paraît difficile ! Louis XIV préfère les dames qui balent joliment ou, plutôt, il ne peut aimer vraiment qu'une danseuse...

Alors, si jamais il aime son épouse, ce ne sera pas pour de bon, mais par devoir, n'est-ce pas ?

*

Le coche s'arrête à la barrière.

Les yeux toujours clos, la jeune fille se pelotonne dans son coin. Dame Parthénie, elle, se crispe. À chaque étape, elle a redouté le pire : l'apparition du « promis » encoléré ou l'intervention de quelque suppôt à sa solde, voire des sergents, ou des « gens de police* » !

Mais les douaniers, ayant jeté un coup d'œil routinier aux papiers des voyageurs, puis un autre à leurs bagages, empochent en un tournemain le montant de la taxe pour les pots de miel, flacons de lavande ou autres tonnelets de vin rapportés de la province par la dame de l'Espine, et laissent le coche entrer dans la Capitale sans autre forme de procès.

Alors, Anne se permet d'ouvrir grand les yeux.

— Paris, chuchote-t-elle mi-heureuse mi-inquiète.

Malgré ses humeurs chagrines, Dame Parthénie en est tout émue ; pauvre petite ! Sa situation n'est guère enviable.

— Se pourrait-il, souffle la jeune fille d'un ton plein d'espoir, que je reconnaisse la rue où je vivais naguère avec mon père ?

Maître Desroses hoche la tête, puis ajoute :

— Si vous le désirez, Demoiselle, je vous servirai de chaperon lors de vos promenades.

Elle sourit ; Dame Parthénie, elle, se renfrogne :

— Avez-vous perdu la tête, mon bon ami ? demande-t-elle. Cette jouvencelle figure une servante, et une servante n'a pas besoin de chaperon, que je sache ?

— Certes, mais notre Iris n'étant pas une domestique d'origine, si j'ose dire, je la traiterai, moi, pour ce qu'elle est réellement !

La Dame ne l'entend pas de cette oreille et se récrie :

— Voulez-vous éveiller les soupçons ? Iris n'a ni la tournure ni les manières d'une servante, et si brochant sur ces évidences, vous lui manifestez une considération excessive, nous courrons à la catastrophe !

Le vieux baladin ne répond pas ; il se contente de tapoter sur son étui à violon. Confuse d'être la cause de ces « picoteries », la jeune fille a baissé la tête.

Heureusement, il y a Paris, alentour, et dans Paris, le Roi... bientôt !

Chapitre 23

À Paris !

Le coche cahote au milieu des embarras de la circulation.

Tendant le cou, Anne tâche d'apercevoir quelque chose de la grand-ville.

La jeune fille se souvenait de hautes maisons, d'églises impressionnantes et d'un fleuve où navigue une flottille de bateaux, hélas, rencognée au fond de la voiture, elle ne peut, malgré ses efforts, rien voir de ce beau paysage.

Paris lui échappe.

Anne entend seulement le roulement des carrosses, le grincement de charrettes ou les cris des marchands ambulants. Enfin, après tours, détours et moult brimbalements, le coche s'arrête rue du Sépulcre[1] où Dame Parthénie va loger quelques jours.

Le cocher débloque la portière.

1. Actuelle rue du Dragon.

Anne descend vivement du marchepied pour donner la main à sa protectrice, toute courbatue, et lui éviter de choir ; Maître Desroses suit.

Ils se trouvent dans la cour terreuse d'une maison à deux étages, cernée de hauts murs et flanquée d'un puits abrité par un auvent ; un immense tilleul l'ombrage.

On est donc à Paris, ici ? On se croirait à la campagne !

Alors, pendant une minute, Anne a profond regret d'Orgon, mais il ne faut pas ! Si elle se retourne sur son passé, elle sera changée en statue de sel, telle la femme de Loth, dans l'Histoire sainte. La jeune fille ne pourra plus agir, ni réagir, encore moins aller de l'avant ! Elle ne deviendra jamais cette Iris qu'elle veut être.

Aussi se dépêche-t-elle d'oublier son soudain trouble de l'âme... Du reste, malgré un valet accouru qui se charge du plus pesant, elle doit transporter quelques ballots de linge à l'intérieur de la maison. En tant que « servante », Anne est bien obligée de donner le change et, elle qui n'a jamais porté plus lourd qu'un missel, traîne et soulève et charrie ses fardeaux. Tant mieux !

L'exercice physique est un bon antidote aux états d'âme.

« Si je pouvais danser dès aujourd'hui ou demain, j'arriverais même à être heureuse, je le sais... »

*

Après tant d'années d'exil et, avant de louer un appartement dans le Marais où vivent les gens qui comptent à Paris et à la Cour, Dame Parthénie va séjourner dans le logis de ses feux parents que sa cadette, Jeanne-Françoise Robillard, n'a jamais quitté. Celle-ci, alertée par le bruit du coche et le hennissement des chevaux, descend l'escalier en retenant ses jupes.

Et les deux femmes tombent dans les bras l'une de l'autre, au seuil du vestibule. Intimidée par ces retrouvailles, Anne, un balluchon à chaque main, n'ose plus avancer. Maître Desroses, discret, feint de surveiller le transport des provisions vers la cuisine dont la porte ouverte par une soubrette, donne sur la cour.

Les sœurs s'embrassent avec transport.

— Ma chère Jeanne-Françoise, s'émeut l'aînée, ineffable est la joie de vous revoir !

— Que le Ciel en soit béni, ma bonne Catherine ! larmoie la cadette.

Catherine ? Anne en reste ébahie.

Le prénom ronflant de la Dame de l'Espine n'est donc pas le sien ? Décidément... ! La moue contrariée, Parthénie se dégage de l'embrassement fraternel.

— Depuis que j'ai frayé avec les Précieuses*, il y a longtemps, précise-t-elle, je ne réponds plus à ce prénom du dernier commun, tâchez donc de vous en souvenir, ma sœur !

Sur ces mots, elle toise sa cadette restée fille et bourgeoise, l'infortunée, avec l'air supérieur de celle qui trouva époux, noble de surcroît. L'autre, contrite, opine du bonnet, lorsque son regard tombe sur la jeune fille.

— Voici votre servante orgonnaise, ma sœur ? se renseigne à mi-voix Jeanne-Françoise.

— Oui-da.

— Elle n'en a pas l'air !

— De quoi ?

— D'une servante, pardi !

— Les jeunes provençales ont toujours beaucoup d'élégance naturelle, savez-vous ? balbutie Dame Parthénie.

Elle commence à avoir des sueurs.

Si, d'un coup d'œil, la première venue décèle qu'Anne n'est point à sa place, les ennuis vont grêler ! Jeanne-Françoise demande alors :

— Parle-t-elle français ?

— Couci-couci.

— Ne connaissant pas son dialecte, je ne pourrai donc point m'entendre avec elle.

— Qui vous le demande ? éclate Dame Parthénie. Vous n'avez rien à vous dire, toutes deux !

Elle s'en veut sur-le-champ de se laisser déborder par l'irritation. Rien de tel pour mettre la puce à l'oreille de sa sœur ! Mais pourquoi celle-ci s'intéresse-t-elle à « Babèu » ? La dame jette un regard en biais à sa servante et... Jésus, Marie, Joseph... ! Elle voit le diamant du Roi briller au décolleté de la jeune fille.

L'ancienne frondeuse tente de rire et ne réussit qu'un bêlement alarmé.

— Ce morceau de verre au bout d'un fil de cuivre vous intrigue, ma sœur, dirait-on ? chevrote-t-elle. Sachez que les Méridionales même les plus pauvres ont un furieux goût pour la parure !

Jeanne-Françoise Robillard regarde la « servante » d'un air, d'un air... d'un air, quoi !

— Ce « morceau de verre » a un éclat fort bien imité, marmonne-t-elle.

Anne rougit jusqu'aux oreilles.

Chapitre 24

Un allié

Le lendemain matin

À peine réveillée, encore couchée sur le lit pliant qui lui a été attribué dans le petit cabinet attenant à la chambre de la Dame, elle repense à cette scène. Pendant tout le voyage, Anne avait bien veillé à repousser la pierre sous son fichu...

« ... *Mais la chaîne a dû glisser lorsque je me suis penchée pour empoigner les ballots.* »

Et à l'idée de se retrouver nez à nez avec Jeanne-Françoise Robillard, elle se sent déjà mal à l'aise.

« *Elle ressemble à une fouine...* »

Le museau fureteur, cette vieille fille serait capable de chercher à voir le diamant de plus près et, là, elle comprendrait, un, qu'il est authentique, deux, que « Babèu » joue un rôle...

« *Et mon secret serait éventé bientôt !* »

Anne serre très fort le diamant dans sa paume. Sans ce bijou, il lui serait plus facile de passer pour une servante.

« Si je le cachais à nouveau... »

Au risque de l'égarer ?

Non ! Mieux vaudrait, plutôt, le mettre en gage ! Il lui rapporterait ainsi les quelques écus prêtés et quand les jours seraient meilleurs, elle viendrait le rechercher et rembourser le prêteur.

« Mais si les jours ne s'améliorent jamais ? »

Anne se verrait pour toujours privée de son talisman, l'affreuse traverse ! Or, il la relie au Roi. S'en séparer serait aussi se séparer du Roi et de sa protection.

« Cela, je ne peux même y songer... »

La jeune fille garde, donc, le diamant contre sa peau.

Et tant pis pour la « Fouine » !

— Babèu ! appelle alors Dame Parthénie.

Levée d'un bond, Anne passe dans la chambre de sa maîtresse.

*

Encore au lit, la tête prise sous les volants de son bonnet de nuit, l'ancienne frondeuse chuchote à la jeune fille venue à son chevet :

— Hâtez-vous de vous habiller, mon enfant, et descendez à la cuisine me chercher un bol de bouillon, s'il vous plaît ! Une véritable servante l'aurait déjà fait...

— Excusez-moi, Madame.

— Je vous en prie. Il est normal, par ma foi, que vous n'ayez point les habitudes d'une domestique !

Une bonne nuit de sommeil semble avoir rendu un peu de sa jovialité d'antan à Dame Parthénie.

— Vis-à-vis de la maisonnée, soupire-t-elle, je me vois obligée de vous traiter en servante. Croyez bien que je le regrette, Anne... euh... Iris, mais il s'agit de vous protéger.

La jeune fille sourit.

— Je le sais bien, merci, Madame.

Celle-ci pose un doigt sur ses lèvres :

— Ne causez pas français avec le valet, la soubrette ou la cuisinière, encore moins avec ma sœur, ou alors très peu, ça vaudra mieux, car si mes souvenirs sont exacts, elle aime fort à cancaner avec les paroissiennes de Saint-Sulpice...

*

Un quart d'heure plus tard, Anne remonte de la cuisine, chargée d'un plateau où fume un bol de bouillon. En mélangeant des mots provençaux et français, elle a réussi à se faire comprendre de Margot, la cuisinière, laquelle n'y a vu que du feu !

La jeune fille s'apprête à frapper à la porte restée entrebâillée, lorsque... surprise !... elle entend parler Maître Desroses à l'intérieur de la chambre ; il se permet donc d'entrer chez la Dame si tôt le matin ? Leur conciliabule doit être d'importance et n'osant l'interrompre, Anne l'écoute.

— Pourquoi vous ronger, Madame ? s'étonne le maître à danser.

Dame Parthénie pousse un soupir digne d'Éole[1].

— Parce que, mon bon ami, s'explique-t-elle, j'éprouve en vérité autant de regrets d'avoir été la complice de notre Iris qu'il y a eu de tours de roue pour aller d'Orgon jusques ici. Et je ne compte pas les trajets en bac ou en bateau pour franchir la Durance puis traverser le Rhône...

Desroses étouffe un petit rire.

— Vous exagérez d'une façon toute méridionale !

— Ne riez pas ! s'offusque la Dame. Avoir été charitable avec cette enfant signifie, mine de rien, s'être mis sur les bras un panier plein d'épines.

— Vous exagérez derechef.

— Que nenni ! Jugez vous-même : Iris a été presque fiancée officiellement à un noble par son

1. Le dieu des vents, dans la mythologie grecque et romaine.

défunt grand-père et elle est encore mineure. Que nous ayons facilité sa fuite pourrait nous valoir l'accusation de rapt, s'il y avait poursuites...

— Mais il n'y a point encore poursuites, que je sache, Madame !

— Pas encore, vous l'avez dit.

Anne retient son souffle. Si elle devinait qu'elle était un poids pour sa protectrice, l'entendre dire lui fait mal.

Dame Parthénie gémit :

— Le rapt est puni de mort, je vous le rappelle. Je nous vois d'ici, vous et moi, place de Grève[1], monter en chemise à l'échafaud, pieds nus et cheveux coupés, ô Ciel, l'abominable image ! Elle me donne le tournis lorsque j'y pense.

— N'y pensez plus !

Là-dessus, Maître Desroses expose sa vision des faits. Que peut tenter le chevalier ? Rien ! Le notaire ayant défunté avant les fiançailles officielles de sa petite-fille, le « futur » n'a donc aucun droit légalement à la donzelle ni, partant, à l'argent du défunt...

— D'où sa brutale tentative à précipiter les événements !

— Je veux bien vous croire, admet Dame Parthénie du bout des lèvres.

1. L'actuelle place de l'Hôtel-de-Ville où les exécutions avaient lieu à cette époque.

Le baladin renchérit :

— Même si ce triste sire réussit à faire le voyage jusqu'à Paris, un jour ou l'autre, comment y retrouvera-t-il sa promise récalcitrante puisqu'elle a changé d'identité ?

À l'abri du battant, Anne a un frisson ; le plateau en tremblote si fortement que... patatras... le bol tombe et se brise dans des éclaboussures de bouillon. Desroses accourt à la porte ; les joues écarlates, Anne n'ose pas le regarder en face.

— Entrez, Demoiselle ! lui enjoint-il.

Elle bredouille :

— Je dois d'abord ramasser les débris du...

Dame Parthénie l'interrompt, criant à tue-tête depuis son lit :

— Laisse, Babèu, la soubrette de ma sœur s'en chargera tantôt. Tu n'es décidément pas douée pour servir, pauvre sotte !

— Non, elle a mieux à faire... rétorque à mi-voix le baladin.

Une fois Anne entrée, il referme derrière eux avec soin et va chuchoter à la dame de l'Espine :

— Avec ses airs de princesse, cette Demoiselle ne passera jamais pour une « commune[1] », il vaut mieux qu'elle abandonne ce déguisement.

1. Synonyme de « servante » dans le langage précieux.

— Et que proposez-vous en échange ? grommelle Dame Parthénie.

— Il faut aider notre Iris à devenir ce qu'elle est déjà, une danseuse, puisque les danseuses ont le devoir de ressembler à des princesses...

Anne en a la chair de poule ; ainsi, à Paris, elle finira par danser comme une véritable baladine ?

Le vieil artiste sourit.

— À ce sujet, il me vient une idée, s'explique-t-il. J'ai gardé des relations, malgré l'exil, avec mon vieux compère, Le Fresne, un maître à danser d'excellente réputation. Il loge des pupilles auxquels il enseigne les secrets de notre art et...

— Ce maître pourrait-il m'accepter ? l'interrompt la jeune fille.

Puis elle se mord les lèvres.

Qu'elle est donc étourdie ! Ça doit coûter quelque chose, un maître à danser !

— S'il faut payer, je m'en charge, déclare alors Dame Parthénie. N'ai-je pas une dette auprès de vous, mon enfant ?

« Il est vrai. »

Et Anne lui fait la révérence, en pinçant entre deux doigts la jupe de Babèu.

Chapitre 25

Au-delà de la Seine

L'après-dîner de ce même jour

Le baladin et la jeune fille quittent la maison de la rue du Sépulcre. Pour bagages, Anne emporte le balluchon où sont serrés la robe d'Iris, le voile couleur d'arc-en-ciel et les souliers d'argent.

Le récipient cassé a été le prétexte servi à Jeanne-Françoise par Dame Parthénie. « Ma sœur, lui a-t-elle confié, la goutte d'eau a fait déborder le... bol ! J'ai pris en horreur cette "gaupe[1]" de Babèu, aussi Desroses va-t-il la placer séance tenante chez un sien parent. »

La « Fouine » de Saint-Sulpice en est restée pantoise ; elle ne saura jamais si le diamant de la « servante » était vrai bijou ou fausse babiole. Et Anne ne peut s'empêcher de sourire, même si elle a gros cœur.

1. « Fille malpropre.»

Lorsqu'ils ont tourné le coin :

— Babèu n'existe plus, ôtez donc votre tablier, Iris, lui suggère le maître à danser.

La jeune fille obéit et enfouit le vêtement dans son paquetage.

Ils repartent d'un bon pas, mais se jettent à l'abri d'une borne[1] au passage d'une voiture, emportée par le trot vif de ses chevaux.

— C'eût été bonne idée de prendre un carrosse de louage place de la Croix-Rouge, marmonne Desroses. Cependant, après s'être claquemuré dans un coche des lieues durant, il faut se dégourdir les jarrets, n'est-ce pas, Demoiselle ?

Celle-ci acquiesce vaguement.

La tête lourde des larmes versées en se séparant de Dame Parthénie, son unique amie, au fond, Anne n'a aucune envie de parler.

« Seule au monde, je suis présentement seule au monde. »

Elle s'en rend compte avec effroi. Et même si la dame a été nerveuse ou acariâtre pendant le voyage, elle lui manque déjà ; la jeune fille ne se souvient plus que de ses bienfaits...

« Sans elle je n'aurais jamais dansé devant le Roi, sans elle je n'aurais jamais eu l'idée de deve-

1. Il n'y avait pas de trottoirs à cette époque ; des bornes protégeaient tant bien que mal les piétons.

nir Iris, sans elle je ne me serais point enfuie à Paris... »

Anne se retient pour ne point pleurer à nouveau.

*

Après avoir dévalé un sentier encore champêtre, ils arrivent à la Seine. Se rebroussant en vaguelettes au passage des barges ou des radeaux, elle vient clapoter sur le sable de la rive.

Le baladin et la jeune fille montent dans le bac, en compagnie de trois ou quatre passagers.

Après avoir empoché son écot, le passeur, pesant sur sa perche, s'éloigne du rivage. Le soleil fait miroiter l'eau claire du fleuve ; quand l'homme y plante le long bâton, des gouttelettes en jaillissent, étincelantes.

La gorge serrée, la jeune fille regarde s'approcher la grand-ville comme si elle voyait se rapprocher son enfance. De l'autre côté du fleuve, rive droite, s'élèvent les hauts bâtiments, les clochers et les tours dont Anne gardait le souvenir.

Le baladin tend le bras :

— Regardez là-bas, Demoiselle, le palais de Sa Majesté !

Le Louvre a surgi, énorme, dans la réverbération rayonnante.

Anne se brûle les yeux à le regarder.

Dire qu'*il* se trouvera bientôt derrière ces murs de pierre blonde !

Et, elle-même ne vivra pas très loin de lui...

Le Roi.

*

Le bac accoste sur une plage, encombrée de barques au sec. Une lavandière, à genoux au bord de l'eau, frappe le linge à coups de battoir, son claquement mat répond à la scie d'un marinier qui rapetasse son embarcation, tandis qu'avec de sonores aboiements, des chiens courent sur la rive, excités par la vue d'une barge d'où débarquent des cavaliers.

Un cheval se met à l'eau jusqu'à la poitrine ; son maître tâche de l'en sortir dans de grandes éclaboussures...

Mais il n'est pas temps de jouer les badauds !

— Hâtons-nous, dit Maître Desroses à Anne.

Ils montent vers la rue par une rampe de terre battue et, se perdant parmi les passants, partent en direction de la Bastille ; au loin, ses énormes tours rondes semblent s'appuyer sur le ciel.

— Elles sont pleines des prisonniers de Sa Majesté, tels rats dans un piège, chuchote le baladin.

Anne ne sait que répondre. N'est-il pas justice, après tout, de châtier ceux qui ont offensé le Roi ? Pour elle, il aura toujours raison.

Et elle oublie ce problème lorsqu'elle reconnaît l'église Saint-Germain-l'Auxerrois, là où elle vit Louis XIV pour la première fois.

— Nous vivions par ici, avec mon père, je crois, murmure-t-elle.

Venu d'un jardin invisible, blotti derrière les hautes maisons, palpite un parfum de fleurs. Plus fort que les remugles des détritus pourrissant avec le crottin dans la rigole centrale de la chaussée, ce parfum rapporte à la jeune fille une sensation si familière que, pendant une seconde, elle souhaite follement voir apparaître la mince silhouette de Jan des Jonchères...

« Viens, ma fille, dira-t-il, tout ceci n'était qu'un rêve. »

Hélas, ce qu'Anne vit est bien la réalité. Et elle continue à cheminer auprès de Maître Desroses ; il fait semblant de ne pas remarquer les grosses larmes qui lui coulent sur les joues.

Ils finissent par s'arrêter rue du Petit-Musc, devant une maison à trois étages couronnée de mansardes. Au-dessus de la porte d'entrée, une étoile est sculptée dans la pierre.

Un bon signe ?

Peut-être...

Et Anne sèche ses pleurs.

Chapitre 26

Les futurs artistes

Au rez-de-chaussée, il y a l'atelier d'un menuisier et, parce que cet homme est en train de raboter une pièce de bois, une bonne odeur de copeaux flotte dans l'escalier ; elle accompagne Anne et le baladin jusqu'au troisième étage. Derrière la porte, couine la voix laborieuse d'un violon ; une fausse note lui échappe.

— Ce bon Le Fresne, ironise à mi-voix Desroses, a toujours été meilleur danseur que musicien !

Là-dessus, il frappe au battant qui, deux minutes plus tard, s'entrouvre sur une servante sans âge :

— Vous désirez ?

— Dis à ton maître qu'il a la visite d'Auger Desroses !

Elle déguerpit derrière une tenture. Le violon se tait ; cette clameur le remplace :

— Mon compère !

Un gros colosse à la chevelure blanche surgit, qui embrasse le frêle danseur en une accolade périlleuse ; l'on dirait d'un serpent boa étouffant une biche ! Mais Desroses survit à cet excès d'amitié et, à son tour, expédie des claques joyeuses à son camarade, avant de lui montrer la jeune fille attendant sur le palier.

— Séverin, je t'amène une recrue de choix, Iris de Beauregard, la filleule de la dame de l'Espine.

— Peste ! s'esbaudit l'autre.

Anne esquisse une révérence. Il répond par un salut assorti d'une phrase polie :

— Mes compliments, ma Demoiselle.

Puis Le Fresne entraîne Desroses derrière la tenture. Anne les suit. Ils se retrouvent dans une pièce vide où à peine vêtues d'une chemise de jour et d'une jupe de dessous, mais portant des souliers, deux filles, une grande rousse et une petite brune, s'exercent à la Danse (malgré le brusque silence du violon) avec un blondin leur servant de cavalier. Ils avancent, les mains joliment ployées, font trois pas et se rejoignent en un gracieux *assemblé*.

— Voilà une fort élégante gavotte[1]... chuchote Desroses.

À l'apparition des nouveaux venus, les futurs artistes s'arrêtent, confondus.

1. Une danse avec des petits sauts, très pratiquée à cette époque.

— Voici mes pupilles, les présente alors Le Fresne : la Demoiselle Félicité, la petite Pierrette, et Bastien.

Desroses remarque :

— Ils dansent déjà proprement.

— C'est bien le moins ! Je leur enseigne à baler depuis leur âge tendre !

Et le maître ajoute à l'oreille de son compère :

— La rouquine a une mère comédienne, la brunette m'a été confiée par la paroisse, quant au blondinet, c'est le fils de notre menuisier.

— Cependant, il a la prestance d'un enfant de gentilhomme.

— Grâce à la Danse, mon vieil Auger, tu le sais bien !

Soulevant la tenture, le géant braille alors en direction d'un couloir obscur :

— Antoinette, viens donc, ma bonne épouse, nous avons besoin de toi.

Une petite femme tirée à quatre épingles apparaît à l'instant, dans un claquement de mules ; rien qu'à sa façon de marcher, on comprend qui gouverne céans. Elle ordonne aux enfants de sortir de la salle et d'emmener avec eux leur nouvelle compagne.

— Vous lui ferez visiter l'appartement, précise-t-elle.

Anne comprend que la maîtresse de maison va parler gros sous avec Desroses et, sur une énième révérence, elle emboîte le pas aux danseurs.

*

Pierrette, aussitôt, la prend par la main.

— Viens, dit-elle, je vais te montrer notre chambre...

Félicité susurre :

— ... Un trou à rats fort commode !

Cette fille a mauvais esprit, mais du plus drôle ! Bastien s'esclaffe. Iris ne sait trop si elle doit l'imiter ; à vrai dire, s'étant rarement trouvée avec des jeunes de son âge, elle se sent un peu mal à l'aise parmi ceux-là.

Sans doute vexée que la nouvelle venue n'ait point ri de sa boutade, la rouquine la rembarre soudain :

— Hé ho, toi, ne fais pas cette face de Carême !

— Je fais la face que je veux ! rétorque Iris sans réfléchir.

Et tout est dit, dès cette minute, entre elle et Félicité : elles ne seront point amies.

— Tu es triste de venir ici ? s'informe à mi-voix Pierrette.

Avec ses yeux d'encre et sa peau ambrée, la petite ressemble à une Égyptienne[1] et peut-être en

1. On appelait alors « Égyptiens » les bohémiens.

est-elle une ? Cette fillette « confiée par la paroisse » à un habitant du quartier n'a sans doute point de famille. Que Pierrette soit une enfant « trouvée », abandonnée par sa mère nécessiteuse sur quelque parvis ou dans le « tour »[1] d'un couvent n'étonnerait guère Iris. Prise de pitié, elle lui caresse la joue quand Bastien se manifeste :

— D'où tu viens, la « nouvelle » ?

Il y a dans sa voix et ses prunelles claires une douceur qui plaît à la jeune fille.

— Je viens de très loin, répond-elle avec un sourire.

Félicité objecte :

— « Loin » n'est pas une ville ou un pays.

Iris, qui ne veut pas prononcer le nom d'Orgon, se permet ce petit arrangement avec la vérité :

— J'arrive d'Arles en Provence.

— Le bout du monde, ma parole ! se gausse Félicité. Voilà d'où tu tiens ton accent.

Iris la toise.

— Je ne pense pas en avoir un, puisque j'ai vécu toute mon enfance à Paris...

1. À cette époque, il y avait dans le mur de certains couvents, une espèce d'armoire tournante appelée le « tour » où les mères trop pauvres pour les élever pouvaient déposer leurs nouveau-nés – sans espoir de retour. Ils étaient soignés par les religieuses, puis, une fois devenus grands, ils étaient placés çà et là comme domestiques ou dans d'autres emplois subalternes.

Et, se taisant brusquement, elle craint d'avoir déjà trop parlé.

*

D'un geste théâtral, Félicité pousse la porte de la chambre ; la dénomination de « trou à rats » convient, effectivement, à cette pièce qu'éclaire un jour de souffrance. Un lit à rideaux défraîchis occupe toute la place.

— Il va falloir s'y pousser pour te faire de la place, marmonne Félicité.

Bastien la plaisante :

— T'inquiète, tu auras encore tes aises, vois comme la « nouvelle » est fine...

Plutôt dodue, la rouquine se rembrunit, tandis qu'Iris bafouille :

— Parce que nous dormirons ensemble toutes trois ?

— Que crois-tu ?

— En hiver, intervient Pierrette, tu seras contente : quand il n'y a pas de feu la nuit, on se tient chaud !

— Certes, mais...

Iris se tait.

Brusquement, elle revoit sa belle chambre d'Orgon, avec sa grande fenêtre et le lit pour elle seule, aux draps embaumant la lavande.

« Combien j'étais choyée sans le savoir ! » songe-t-elle avec un étonnement douloureux.

Sans doute faut-il perdre les choses qui nous paraissaient acquises à jamais, pour mesurer leur importance...

À cette minute, la servante déboule, trimballant le balluchon de la « nouvelle ».

— Mme Antoinette demande que tu en sortes tes hardes, petite, dit-elle sans façon à Iris.

Le vieux baladin et le couple Le Fresne se sont donc « arrangés ». La jeune fille va rester ici. Elle ne sait trop où installer sa robe, pourtant elle en déplie les jupes afin qu'elles ne se froissent pas davantage et elle les accroche à un montant du lit, avec l'écharpe arc-en-ciel. La bouche ouverte, Pierrette regarde la soie violette descendre sur le plancher en vagues diaprées. Félicité, elle, fronce les sourcils :

— Tu ne possèdes point de trousseau à part ce vêtement de fête ?

— Ma malle a été volée pendant le voyage, riposte Iris.

Elle n'est pas sûre que la rouquine la croie.

— Que tu dois être jolie ainsi parée, la « nouvelle » ! s'exclame Bastien.

Elle lui sourit.

Sur ce, la voix tonitruante de Le Fresne retentit à travers l'appartement.

— Iris, viens dire adieu à ton parrain !

Le géant mélange tout, mais ça n'a aucune importance. La jeune fille se précipite, pas assez vite, sans doute, car elle entend Félicité chuchoter aux deux autres :

— Vous avez vu le diamant qu'elle porte au cou, cette pimbêche ?

*

Desroses paraît tristounet ; il s'incline devant son élève.

— Travaillez bien, mon enfant, murmure-t-il. Je viendrai constater vos progrès de temps en temps, car j'ai grand regret à vous laisser.

— Grand merci, Maître.

Elle se retient pour ne pas déborder d'émotion. Ce vieil homme lui rappelle confusément son grand-père ; s'en séparer est un chagrin supplémentaire.

— Courage, Iris ! souffle-t-il.

Et elle lui fait sa dernière révérence de la journée.

La plus belle.

Une lettre

D'Iris de Beauregard,
la maison à l'Étoile[1]*, rue du Petit-Musc,*
chez Maître Séverin Le Fresne, au dernier étage

À Mme Cabret de l'Espine,
rue Pavée, la maison jouxtant la fontaine,
au deuxième étage

Mercredi, le 25e d'août 1660

Madame,

Il y a fort longtemps que je voulais vous écrire, mais Maître Desroses m'ayant bien recommandé de ne point m'y livrer tant que vous séjourniez rue du

1. À l'époque, les maisons n'étant pas numérotées – leur numérotage date de 1775 –, elles se signalaient par un détail quelconque, enseigne, mascaron ou autre. Il fallait s'y connaître pour déambuler dans Paris, car les noms des rues ne seront inscrits sur les murs qu'à partir de 1729.

Sépulcre, j'ai suivi son conseil afin de ne point éveiller les soupçons de Mademoiselle votre sœur. Aussi est-ce avec grand bonheur que j'ai appris, lors d'une visite de Maître Desroses à son « compère », votre déménagement !

Je m'empresse donc, présentement, pendant que mes camarades, Bastien, Pierrette et Félicité, répètent au son du crincrin un « pas de trois » dans la salle contiguë, de vous envoyer cette lettre. Je la confierai à votre fidèle ami s'il revient bientôt, sinon je la ferai partir par la petite poste[1]*. Je pense chaque jour à vous qui êtes ma bienfaitrice et lorsque je m'exerce à la Danse, je me dis que je vous le dois.*

Notre maître nous fait travailler sans relâche ; et vous ne pouvez imaginer combien je suis heureuse de tracer sur le plancher, de la pointe du pied, quelque jolie figure, courir le « passepied » ou apprendre certains ornements de la Danse, tels ces « pas battus » qui m'enchantent ! Maître Séverin prétend que je n'y montre pas trop mauvaise. Il a des ambitions pour nous, ses pupilles, et c'est fort encourageant. Il espère qu'un jour ou l'autre, nous pourrons danser tous les quatre dans une comédie-

1. Depuis Richelieu, la « petite poste » acheminait le courrier dans Paris et la « grande poste » vers la province. Ce système dura jusqu'en 1780 où les deux postes fusionnèrent.

ballet de Monsieur Molière. Avez-vous déjà entendu parler de lui, Madame ?*

Il est à la fois comédien, auteur de théâtre et valet de chambre du Roi. Personnellement, j'ignorais jusqu'à l'existence de cet homme avant mon arrivée ici. Mais Félicité, fort cancanière de caractère, s'est chargée de m'éclairer, sa mère, une comique, ayant naguère appartenu à l'« Illustre Théâtre », la troupe de Monsieur Molière, lorsqu'il parcourait la province. Le voilà revenu depuis deux années à Paris ; Sa Majesté aurait avec cet artiste des relations d'amitié, m'a conté Félicité, toujours elle ! Il lui plaît de m'en remontrer parfois, car je crains qu'elle ne m'envie sottement. Tout à l'heure, avant sa leçon de danse, elle s'est embusquée dans l'angle de la chambre avec l'idée de m'observer, à peine Mme Antoinette m'a-t-elle donné une plume, un encrier et que je me suis installée à une table pour y noircir cette feuille de papier ! Félicité écrit fort mal, il faut avouer, et Pierrette sait à peine signer son nom. Je ne suis pas mécontente d'avoir sur mes compagnes l'avantage de l'instruction, mais elles soutiennent, avec orgueil, que des baladines n'ont pas besoin d'en savoir autant ! Cela dit, Bastien, lui, m'a demandé de le perfectionner en écriture. J'ai le meilleur commerce du monde avec ce garçon de treize ans. Maître Séverin a promis de nous régler un rigaudon[1]. *J'ai hâte de l'apprendre !*

Il faut, hélas, Madame, que j'abrège tout à trac cette missive. À côté, le violon vient de se taire et Mme Antoinette, l'épouse de notre maître, a surgi dans la chambre, les bras chargés de pièces de tissus chatoyants, d'un marteau et d'une boîte de clous ! Nous allons, mes camarades et moi-même, décorer avec la maîtresse de céans le rebord de la fenêtre car, demain, comme vous le savez, le Roi entre dans Paris ; l'on doit enjoliver chaque maison en son honneur, n'est-ce pas ?

Madame, ma missive vous trouvera, je l'espère, de la meilleure santé du monde et je vous prie de croire, avec l'expression de mon affection, que je suis, aujourd'hui et à jamais, votre obligée et votre fidèle,

Iris de Beauregard

1. Une danse provençale qui se danse à deux sur un rythme très vif et était très populaire à cette époque.

Chapitre 27

SUR UN CHEVAL ENDIAMANTÉ...

Jeudi, 26e d'août 1660

Dès l'aurore, la ville semble devenue cymbales tant elle résonne de cette clameur retentissante : le Roi !

Anne va le voir, le revoir.

Il arrive...

À l'avance, la jeune fille en tremble. Elle ne peut s'empêcher de penser au jour où il vint à Orgon ; et ce souvenir a le goût du bonheur perdu. Si elle ferme les yeux, elle se croit transportée là-bas, à l'époque heureuse où elle était encore « quelqu'un » sans le savoir. Maintenant, dans la maison à l'Étoile, elle ne se sent « personne ». Elle y est toujours la « nouvelle » – malgré ce que, par politesse et gratitude, elle a écrit à Dame Parthénie – et pas vraiment chez elle.

Certes, Anne se trouve à l'abri, certes, le chevalier n'ira jamais la rechercher rue du Petit-Musc, certes, elle se perfectionne à danser, cependant, par moments, la jeune fille se demande ce qu'elle fait céans.

Et une sorte de malaise l'étreint.

Quand elle danse, il s'efface, mais dès qu'elle s'arrête, il la reprend ; insidieux, il la vrille au cœur et se répand dans ses veines.

Et sans doute a-t-il pour nom, solitude.

Oui-da, Anne est bien seule dans cette petite vie-là, si seule qu'une unique pensée la tenaille : danser pour le Roi !

« Je le ferais si joliment qu'il me garderait près de lui, peut-être. »

Parfois, la jeune fille s'en veut de ces rêvasseries exagérées, mais à d'autres moments, elle ne les trouve pas si folles.

Le Roi...

Pour s'appliquer à danser, elle pense à lui.

Son image l'entraîne, l'oblige, la pousse...

Aussi Anne a-t-elle fini par comprendre que, pour bien danser, il faut un but supérieur. La Danse ne s'arrête pas à la simple exécution des pas. Elle va plus loin. Et, du baladin, elle exige davantage, elle exige tout, c'est-à-dire qu'il offre son âme en dansant...

*

Mais quel tapage, soudain, chez Maître Séverin ! Ça piaule, ça pleure, ça proteste, car :

— Non, vous n'irez pas aujourd'hui voir le trône du Roi ! vient de décréter Mme Antoinette à ses pupilles.

Roulant des yeux épouvantés, elle s'explique :

— Avec cette presse, vous risquez de vous faire écraser par un carrosse, lutiner par les soldats, ou enlever par des Égyptiens !

— Tout cela à la fois ? s'étonne Iris.

Quelle buse, la « nouvelle » ! Félicité en lève les yeux au ciel puis, les mains jointes, elle supplie l'épouse du maître :

— De grâce !

— S'il vous plaît, Maman Toinette, sanglote de son côté Pierrette.

Ne pas admirer le trône de Sa Majesté ? C'est inconcevable ! Il a été édifié au centre d'une grande place[1], au-delà du Faubourg Saint-Antoine, sur la route qui va de Paris à Vincennes, afin que Louis XIV présente la Reine à son peuple.

— Eh bien, moi, je le fus voir hier avec mon père, le trône ! ose révéler Bastien.

Félicité et Pierrette, indignées, piaillent d'une même voix :

1. L'actuelle Place de la Nation, qui s'est appelée Place du Trône dès 1660 et jusqu'en 1880.

— Tu aurais pu nous inviter !

— Mais, proteste le garçon (courant grand risque d'être griffé ou pincé par les deux chipies), on était déjà à deux sur notre mulet !

Cet animal (dont l'étable occupe un bout de la cour) apporte parfois le concours de son braiment au violon de Maître Le Fresne ; celui-ci a donc trouvé juste d'emprunter le « chantre » à son propriétaire dès potron-minet pour trotter jusqu'au trône.

Il revient sur ces entrefaites.

Le vacarme domestique s'apaise aussitôt. Et le géant décrit la merveille à ses pupilles.

— Oyez donc, les baladines...

Elles redeviennent enfants à l'écoute d'un conte de fées.

On accède au trône, abrité sous un dais fleurdelisé bleu et or, par une impressionnante volée de marches, telles qu'il en existe, paraît-il, aux temples des pays païens.

Aujourd'hui, montant degré à degré jusqu'au Roi, vont défiler devant lui « les hommes qui font la richesse du pays et veillent à sa bonne marche », d'après Maître Le Fresne, qui ne donne pas de détails supplémentaires. Ils suffisent à Iris pour imaginer Louis le Quatorzième avec ses sujets prosternés devant lui. Sur le trône, le Roi doit être plus beau, plus majestueux encore qu'il ne l'était à Orgon où il se montra si proche, presque familier...

Mais Anne garde ce souvenir pour elle, comme elle garde le secret du diamant.

— D'où tu le tiens ? s'est intéressée Félicité. On dirait bijou de Demoiselle.

— Il appartenait à ma mère...

La révélation a été rapportée, séance tenante, aux époux Le Fresne et a corroboré leur soupçon : cette Iris tombée du ciel... en accord avec son prénom, entre nous, hein, Toinette ?... est sans doute la fille cachée de Dame Parthénie qui paye si généreusement pour elle !

Ils croient tous avoir deviné, ainsi s'éloignent-ils de la vérité. Et ils ne sauront jamais, Maître Desroses ayant promis de garder le secret, qu'Iris a, un jour, dansé pour le Roi...

*

Après le compte-rendu de son époux, Mme Antoinette se laisse attendrir : un jour pareil sera chômé pour les baladins de Maître Séverin. On n'étudie pas la Danse quand le Roi passe trois étages plus bas !

— Je descendrai avec vous, annonce-t-elle à ses pupilles, regarder le cortège de Sa Majesté défiler par la rue Saint-Antoine. Moi aussi, j'ai envie de le voir !

De joie, Félicité et Pierrette en trépignent presque. Iris, elle, esquisse une révérence :

— Mille mercis, Madame.

— Toi, ma petite, tu t'es trompée d'adresse, marmonne Mme Antoinette, et je te verrais plutôt à la Cour que sur un théâtre.

Bastien approuve :

— Iris a l'air d'une princesse, ça, c'est bien vrai !

Une bouffée rose monte aux joues de la jeune fille ; mais, au contraire du garçon, la logeuse vient-elle vraiment de la « gracieuser » ? Iris n'est pas sûre de la réponse.

*

La journée a été fatigante d'un espoir impatient.

Il a fallu attendre et attendre le Roi.

L'hommage des sujets, place du Trône, comme chacun la nomme déjà, a duré jusqu'à deux heures de l'après-dîner. Ensuite, la procession royale a pris la direction du Louvre. Au roulement des tambours, elle a franchi la porte Saint-Antoine dans un crépitement de sabots ; passant sous les arcs de triomphe élevés pour cette journée, elle a cheminé par les rues décorées de tapisseries ; des compagnies de bourgeois somptueusement vêtus et armés lui ont fait la haie.

À chaque carrefour, des bannières oscillent.

Tous les Parisiens sont dehors. Il y en a des centaines perchées sur les toits, d'où s'envolent leurs acclamations ; les autres s'entassent, se coudoient, se bousculent sur la chaussée et leurs « Noël ! » moutonnent comme une vague, qui déferle soudain en tempête.

Le Roi...

Le voilà ! Il approche, on l'annonce, des trompettes sonnent, il apparaît !

Les mains glacées par l'émotion, la bouche sèche, Iris se couvre de chair de poule. Le Roi chevauche un cheval à la housse endiamantée où le soleil plante ses rayons. Dans ce scintillement de lumière, l'on croirait voir approcher un dieu, le dieu Apollon[1], plutôt qu'un homme...

Saisie, la jeune fille ne peut crier « Vive le Roi ! »

Elle ne voit même pas passer la nouvelle Reine, si blonde, si petite, ses grands yeux bleus émerveillés, dans son carrosse d'or et d'argent, tiré par six chevaux couleur de perle.

Le regard fixé sur le Roi à s'en brûler la rétine, Anne comprend que le moment espéré est venu.

« Demain, je l'irai voir... enfin ! »

1. Le dieu grec de la beauté, de la lumière et des arts, qui conduisait le char du soleil. En devenant le Roi-Soleil, Louis XIV s'est identifié à ce mythe.

Chapitre 28

De l'audace !

Le lendemain

Iris devra-t-elle toujours feindre pour se défendre ?

Elle se pose la question.

Vers huit heures, Maître Séverin, s'étant aspergé d'eau de senteur, s'en va donner une leçon de danse à un bourgeois du quartier qui a fait fortune dans les tourtes, les pâtés et autres tartelettes.

Ce matin, les futurs artistes peuvent se distraire ou se reposer, quelle aubaine ! Félicité décide de mettre des papillotes à Pierrette. Les voilà occupées avec les papiers de soie et le fer à friser. Iris saute sur l'occasion :

— Puis-je aller visiter Dame Parthénie, rue Pavée ? demande-t-elle à Mme Antoinette.

Un bon prétexte ou un mensonge, selon la façon dont on envisage les choses, d'autant qu'il est un peu tôt pour les visites. Mais l'épouse du maître, qui n'a aucun soupçon, donne sa permission à la « nouvelle ». La maison de l'ancienne frondeuse étant située auprès de la paroisse Saint-Paul, pas très loin de la rue du Petit-Musc, selon les explications de Maître Desroses, la jeune fille s'apprête à sortir seule lorsque Mme Antoinette interpelle Bastien (occupé à travailler ses entrechats dans la salle) :

— Accompagne donc la Demoiselle, mon garçon.

— Je n'ai nul besoin de chaperon ! s'insurge Iris.

— Besoin ou pas, il t'en faut un ! Je ne voudrais pas que ta... euh... bienfaitrice me reprochât de t'avoir laissée errer par les rues sans protecteur !

La jeune fille hausse les épaules.

— Un protecteur, Bastien ?

— Oui-da, princesse, riposte-t-il, piqué, je saurai vous défendre, soyez-en convaincue.

Il passe déjà son pourpoint par-dessus sa chemise. Iris tente de discuter :

— Mais enfin, je...

Mme Toinette lui coupe la parole :

— Ou bien tu pars avec lui, ou tu restes céans, tu as le choix, ma fille !

Et Iris décide de sortir.

Elle n'aura peut-être pas d'autre occasion avant longtemps de s'échapper...

*

Flanquée de son chevalier servant, Iris avance d'un pas assuré le long de la rue Saint-Antoine, comme si elle se rendait vraiment chez sa protectrice...

« Mme Antoinette a tort : je suis une comédienne ! »

À part le tablier, elle porte encore le « déguisement » de Babèu, bonnet compris. Elle n'a pas pu acheter mieux, puisqu'elle n'a pas « de quoi » ! Sa logeuse l'a fournie en chemises de jour et caleçons – grâce à l'argent de Dame Parthénie –, mais ses dépenses se sont arrêtées là. Et après avoir bien croisé son fichu, la jeune fille marche, la main posée sur la poitrine pour protéger le diamant du Roi.

Maintenant, il va falloir semer le « chaperon »...

Doit-elle se précipiter dans l'église pour essayer d'y perdre Bastien en se cachant au fond d'un confessionnal ou attendre le moment propice où elle réussira à se dissimuler derrière une carriole au coin d'une rue ? Iris hésite.

— Tu parais inquiète ? s'étonne-t-il. Quelque chose te tourmente, princesse ?

Elle l'observe une seconde.

En dansant, chacun révèle beaucoup de son caractère, le bon et le mauvais. Or le fils du menuisier se montre toujours généreux dans sa danse, attentif à sa cavalière, voire attentionné. À force de travailler chaque jour avec lui, Iris a appris qu'elle pouvait faire confiance à Bastien. Elle se décide :

— Écoute... murmure-t-elle.

Et elle lui avoue le véritable but de sa promenade.

— Voir le Roi ? répète-t-il, impressionné.

Puis il éclate de rire :

— Tu ne manques pas d'audace, toi ! Ça, je ne risque pas de te lâcher !

Iris sourit, malgré l'appréhension qui, à prononcer le mot « Roi », l'a prise à la gorge.

— Connais-tu au moins le chemin du Louvre, Bastien ?

— Je crois que c'est tout droit...

*

Enfin, si l'on veut !

À vol d'oiseau, sans doute, mais à pied ils vagabondent par les ruelles, se collant précipitamment au mur ou bien derrière un montoir[1] quand passe un carrosse qui fait gicler la crotte de la rigole sur leurs souliers.

1. Borne sur laquelle le cavalier prenait appui pour se mettre en selle.

Si elle avait dû faire ce parcours seule, Iris aurait eu peur, elle s'en rend compte, du porteur d'eau la dévisageant sans se gêner, du chien galeux qui les a suivis une minute ou de la marchande de fruits à la brouette, obstinée à leur vendre à grands cris un melon rabougri puisqu'il s'agit du fruit préféré du Roi...

Bastien la protège, en effet, il avait raison ! Aussi finit-elle par lui souffler :

— Je suis contente que tu m'accompagnes, tu sais ?

Et ils se prennent par la main.

Enfin, après avoir tourné et viré, ils finissent par apercevoir le Louvre. Un palais ? Que nenni ! Quand on s'en approche, l'on dirait d'une ville tant on lui voit de toits, de tours et de murs. Une odeur de purin monte de ses fossés, si violemment acide que la jeune fille n'hésite pas à se boucher le nez.

— Fi ! se moque Bastien. Tâche d'éviter ce geste vulgaire devant le Roi, princesse !

Elle éclate de rire, et cela lui fait du bien. Elle en oublie que, tout à coup, ses genoux flageolent.

Le Roi.

Chapitre 29

Chez le Roi

Au Louvre

Ils se dirigent sur-le-champ vers une des portes du palais. Les visiteurs qui cherchent à voir de près Sa Majesté ou à lui soumettre quelque demande font la queue pour louer une épée[1] moyennant quelques sols et, ainsi, pouvoir passer. À vrai dire, une fois ce rituel observé, il n'est pas difficile d'entrer chez le Roi[2].

« Il aime son peuple, voilà, et il a plaisir à le rencontrer. »

D'ailleurs, en tant que fille, il suffit à Iris d'un sourire adressé au garde pour franchir le seuil. Bastien reste à la traîne, hélas, car il n'a pas un sol dans ses poches.

1. Afin d'approcher le Roi avec une apparence de gentilhomme.

2. « Assez fort, et surtout assez aimé, pour ne craindre personne, il ne voit que des avantages à laisser son peuple et des étrangers pénétrer dans son palais et à les rendre témoins de sa vie intime », André Maurois.

— Tant pis pour toi ! le rabroue le soldat. Les gars doivent porter épée.

Iris tente de parlementer. En vain. Il faut donc se soumettre.

— Attends-moi céans, chuchote-t-elle au garçon.

Tout chagriné, il la regarde s'éloigner, puis va s'asseoir par terre, un peu plus loin.

*

Pour arriver jusqu'à la chambre où, à peine levé, le Roi reçoit ses sujets et ses familiers, Iris se résout à emboîter le pas à un groupe de jeunes gens bavards ; ceux-ci semblent connaître les tours et détours du palais.

Où vont-ils la mener ?

Dans la salle des gardes, pardi ! Et, là, quelle foire d'empoigne[1] ! Personne ne remarque la frêle servante qui rase les murs. Les lieux sont pleins de visiteurs : ils s'interpellent, se saluent à grand éclat, se donnent l'accolade et l'un d'eux d'agiter son chapeau pour héler un ami à l'autre bout de la salle ! Certains font sonner leur titre haut et fort pour fléchir l'Huissier en grand appareil, planté devant la porte du Roi vers laquelle tous convergent et se coudoient.

1. Voir le témoignage de Molière cité par Philippe Beaussant dans *Le Roi-Soleil se lève aussi*.

Lorsque le battant s'entrouvre, l'on tente de le franchir malgré l'encombrement, l'on se bouscule, l'on proteste. Deux marquis se disputent, vont-ils incontinent tirer l'épée ? Non ! Des gens entrent. La porte du Roi se referme.

Il se trouve ici, donc, derrière ce pan de bois sculpté ? Anne en a le cœur chaviré. Si elle s'écoutait, elle ferait volte-face et s'enfuirait en courant.

Le Roi...

Il l'a vue la chevelure lâchée, en robe de Cour, il y a déjà sept mois d'ici ; va-t-il seulement la reconnaître sous son bonnet de servante ? Il se peut qu'il ait complètement oublié « Iris » ; la trouvera-t-il seulement jolie ? Beauté d'Orgon n'est pas beauté de Paris. Et il a croisé tellement de charmants museaux au cours de son périple à travers son royaume ! Soudain, son audace en miettes, la jeune fille en pleurerait d'impuissance.

Une fois face à face avec le Roi, que va-t-elle lui dire ?

Elle vient se mettre sous sa protection, soit, mais osera-t-elle dénoncer au monarque le chevalier qui l'a dépouillée ? Cet homme lui paraît si bas, un reptile, et le monarque est si haut, un aigle ! Pour s'exprimer, trouvera-t-elle les mots justes ? Elle l'ignore. Et, à l'idée d'essayer d'entrer chez Sa Majesté, Anne est effarée...

Il n'y a plus de fière Iris de Beauregard, à cette minute, en effet, juste Anne des Jonchères, une petite provinciale aux joues rouges, aux genoux tremblants, qui tourne les yeux sur la porte royale avec un désir apeuré, comme si quelque archange au glaive de feu lui en interdisait l'accès.

C'est alors que retentit une voix :

— Laissez passer Monsieur le comte de Saint-Aignan[1] !

Et les groupes s'écartent devant l'ami intime du Roi ; il marche avec prestance de danseur, très droit, l'épée au côté, et la sienne n'est pas louée, certes !

« Le comte de Saint-Aignan... »

Maître Desroses l'évoquait avec Le Fresne, l'autre jour. Il paraît que ce beau seigneur est le meilleur danseur de la Cour – après le Roi, bien entendu. Ils ont le même âge et, depuis l'enfance, ils balent ensemble.

Alors, sans plus réfléchir, à croire qu'on l'a poussée dans le dos, Iris se précipite derrière le comte. Du coup, chacun s'intéresse à cette servante, qui ne doit point en être une pour se permettre de coller au train, révérence parler, du comte de Saint-Aignan !

1. « Premier gentilhomme du Roi », il organisait les spectacles de la Cour.

À cet instant, l'Huissier lui entrebâille la porte.

— Monsieur le comte, s'il vous plaît... chuchote Iris.

Il se retourne, le sourcil étonné ; elle souffle :

— Je dois parler à Sa Majesté...

— À quel sujet, ma Demoiselle ?

Elle tâche de sourire :

— Au sujet de la Danse.

— Et qu'avez-vous à en dire ? demande-t-il avec une certaine morgue.

Le regard incrédule de Saint-Aignan va du modeste bonnet d'Iris à ses jupes paysannes.

— Seriez-vous baladine, par hasard ?

— Je le fus pour Sa Majesté.

Sur ces mots, prise d'une impulsion subite, elle écarte son fichu pour découvrir le diamant ; le gentilhomme en reste saisi.

Reconnaît-il le bouton du Roi ?

Saint-Aignan fait entrer Iris avec lui.

Chapitre 30

FACE À FACE

Le Roi, encore en robe de chambre, est assis sur un fauteuil, auprès de son lit aux lourds rideaux à glands d'or ; à ses pieds, une chienne au pelage blanc et roux l'observe de ses yeux adorateurs.

Blonde[1] s'est faufilée en douce chez son maître et il l'a gardée céans. Bref instant de douceur avant la rude journée royale, il caresse la tête de sa chienne favorite, mais il jette déjà un coup d'œil vers une table couverte des placets[2] laissés par les visiteurs.

Dans la chambre bondée de courtisans, de valets de chambre, et de princes, on a ouvert les fenêtres, Sa Majesté détestant se sentir confinée. Il lui faut de l'air ! Hélas, celui qui entre, presque frais à cette

1. Il y eut dans le chenil royal une chienne appelée ainsi que peignit plus tard Alexandre François Desportes (1661-1743), peintre des chasses et des meutes royales.

2. Demandes par écrit pour obtenir un poste ou une faveur.

heure matinale, apporte en effluves empestés la puanteur des fossés.

Le Roi porte à ses narines un mouchoir mouillé de parfum et Blonde, le museau levé, flaire cet arôme ; le Roi la flatte entre les oreilles. Mais, apercevant Saint-Aignan qui, chapeau bas, le salue d'une révérence, le Roi délaisse l'animal pour s'écrier :

— Alors, Monsieur, nous avez-vous apporté l'argument du ballet dont nous causâmes hier ?

— Point encore, Sire !

— Et pour quelle raison ?

— Sire, par amour pour Votre Majesté, j'ai bien tenté de taquiner la Muse, répond le gentilhomme, malheureusement, l'ingrate m'a fui.

— Vous ne l'avez point courtisée avec assez de persévérance, Monsieur !

Le Roi a une moue de dépit et Saint-Aignan badine :

— La Muse était capricieuse, dirais-je plutôt, Sire, mais j'espère que Votre Majesté voudra bien me pardonner ce rendez-vous raté avec l'inconstante Inspiration, car je lui amène en échange une messagère de Terpsichore...

Dans l'assistance, il y a quelques rires ; non seulement Saint-Aignan a les jarrets de Mercure, mais il est un extrait de l'esprit humain ! Le gentilhomme s'écarte, alors, et d'un élégant mouvement du bras, il invite Iris à s'avancer.

Elle fait deux pas, puis la main sur le cœur, elle plonge dans une révérence.

— Sire, malgré sa coiffe de servante, plaisante alors Saint-Aignan, cette Demoiselle m'a tout l'air d'une baladine qui a dansé naguère pour Votre Majesté...

Le Roi regarde mieux la jeune fille ; elle ose lever les yeux vers lui et il la reconnaît soudain au bleu sombre de ses prunelles. Le Roi n'a vu telle couleur qu'une fois dans sa vie !

— Est-ce vous, jolie Iris ? s'étonne-t-il.

— Oui, Sire, pour servir Votre Majesté.

Dans la chambre tombe un silence surpris.

— Nous vous avions laissée bien loin au Sud, jolie Iris, se rappelle le Roi[1], et vous voilà à Paris ! Puis-je vous demander la raison de votre venue ?

Iris réussit à murmurer :

— Sire, Votre Majesté m'avait promis son appui...

— Et vous en avez besoin, présentement ?

Elle incline la tête, honteuse de réclamer de l'aide. Devant tant de confusion, le Roi sourit. La baladine n'a pas mis de rouge, mais son embarras la farde joliment ; de son bonnet s'échappe une

1. La mémoire de Louis XIV était célèbre.

mèche claire et, parce qu'elle ne retient plus son fichu, le Roi voit briller contre sa peau le diamant qu'il lui donna.

« Goutte de rosée sur un pétale ! pense-t-il, cette jouvencelle porte bien son prénom. »

Et, à voix haute, il demande :

— Qu'attendez-vous de nous, jolie Iris ?

Elle baisse les cils ; déballer son linge sale familial devant le plus grand roi du monde serait mal venu, elle le sent. Entre Louis et elle, en cet instant unique, il y a le souvenir de la *Danse d'Iris* ; il est trop beau pour le gâter par de hideuses révélations.

Elle respire profondément.

Que lui importe, au fond, le mot de « bâtarde » lancé par le promis qui l'a si vilainement spoliée ? Qu'ils fussent mariés ou non, elle est bien la fille de ses parents ! Et, quelque jour, s'il le faut, quand elle en aura la force, Anne reviendra à Orgon et reprendra son bien. Elle y parviendra, elle le comprend soudain.

— Or donc, jolie Iris ? s'impatiente le Roi.

Elle le regarde bien en face.

— Je voudrais devenir baladine, Sire, chuchote-t-elle, avec la permission de Votre Majesté.

— Pourquoi ?

— Ma mère l'était.

Louis murmure :

— Mon père aussi dansait, vous le savez, et lorsque je danse moi-même, je le retrouve.

Fugacement, il a oublié d'employer ce pluriel de Majesté qui crée si large distance entre lui et ses interlocuteurs. Tout à coup, il est aussi proche de la jeune fille que s'ils se trouvaient sur le même pied. Entre eux, tout est dit. Et les mêmes larmes brillent dans leurs yeux.

Puis le Roi se reprend.

— Monsieur de Saint-Aignan, lance-t-il au gentilhomme, vous avez oublié notre ballet, cependant, ce soir, il y aura divertissement à la Cour : nous offrirons en surprise la *Danse d'Iris* à Madame notre mère et à Madame notre épouse, la Reine.

Il revient à Anne :

— Tantôt, vous danserez pour nous sur les violons de Lully*, jolie Iris, car tel est notre bon plaisir...

Pétrifiée de joie et de terreur, elle ne peut, d'abord, même pas esquisser une révérence. Puis, sur une indication du comte, la jeune fille suit le laquais qui la raccompagne bientôt à la porte du Louvre par où elle entra.

Bastien, toujours par terre, bondit sur ses pieds :

— Tu as mis le temps, princesse !

— Non, pas princesse, murmure-t-elle, baladine...

Et n'est-ce pas mieux ?

Chapitre 31

Quand Anne devient la Danseuse du Roi...

Dans la maison à l'étoile

À peine Iris annonce-t-elle au couple Le Fresne l'incroyable, l'extraordinaire, la prodigieuse nouvelle, qu'un vent de jubilation affolée se met à souffler sur la maisonnée...

Trop « sens dessus dessous » pour remarquer la désobéissance de la jeune fille, Mme Antoinette voit s'ouvrir le Ciel : une pupille de son époux va danser devant le Roi ! Quelle gloire pour la famille ! Le début de la fortune, si ça se trouve ?

— Ne te monte point la tête, ma bonne Toinette ! lui répète le géant... qui la perd un peu aussi, la tête !

Transpirant d'émotion, il n'arrête pas de rappeler à Iris :

— Petite, tu diras bien à Sa Majesté d'où tu viens, c'est-à-dire d'ici, hein ?

Félicité, elle, grognonne :

— Je gage que tu ne parleras jamais au Roi de nous autres !

— Mais si, proteste la petite Pierrette, la « nouvelle » le fera, et bientôt, tu verras, nous balerons pour lui, toutes les trois...

Même Marthon, la servante, est prise d'un joyeux tournis. Elle met aussitôt le fer à chauffer sur le fourneau, puis traîne une table dans la salle pour y repasser la robe de Cour et le voile, tandis que, penchée à basculer par-dessus bord, Mme Antoinette hèle le porteur d'eau par la fenêtre. Il monte, ahanant sous le poids de son seau, puis en déverse le contenu dans le baquet familial, tandis que la logeuse affirme à Iris :

— Un jour pareil, tu dois prendre un bain, ma fille !

Tous ces préparatifs lui rappellent si fort le « jour du Roi », à Orgon, qu'Iris demande à Le Fresne qu'on aille lui chercher Maître Desroses et Dame Parthénie...

— C'est *leur* danse que je vais offrir au Roi, explique-t-elle, ils me l'ont apprise et eux seuls sauront me la faire exercer derechef.

En vérité, elle a besoin de l'appui de ses vieux amis.

Tous deux, parce qu'ils la relient à son passé, pourront la préparer à son avenir, elle le comprend confusément. Et comme on ne peut rien refuser à une jeune personne remarquée par Sa Majesté, Bastien part en courant rue Pavée, pendant qu'Iris trempe dans l'eau fraîche...

*

Les cheveux encore mouillés, la baladine enfile sa jupe de dessous, ses bas et sa chemise de jour, quand Bastien frappe à la porte du logis en avertissant à tue-tête :

— Les voilà !

Iris se précipite.

— Mon enfant, s'écrie la dame de l'Espine, combien vous m'avez manqué !

Elle lui ouvre les bras ; Anne s'y jette. Les voiles de sa bienfaitrice sont imprégnés du même parfum qu'à Orgon et, une seconde, la jeune fille se croit presque revenue là-bas. À la vue de cette embrassade filiale, les époux Le Fresne échangent un coup d'œil significatif...

Mais Desroses abrège les retrouvailles en sortant son violon de l'étui. Dame Parthénie prend un fauteuil pour assister à la leçon (et y mettre son grain de sel).

— Au travail !

Quand on est un artiste, on en revient toujours là. Cependant, avant de s'y mettre, le vieil artiste regarde Iris au fond des yeux :

— Le Roi a gardé un beau souvenir de votre danse, dit-il, mais il vous faut, ce soir, l'étonner davantage, et ce ne sera pas chose aisée car le souvenir embellit tout.

Le maître à danser sourit.

— Vous devrez danser ce soir, mon enfant, et tous les autres soirs, d'ailleurs, comme si c'était la première fois et que votre propre danse était pour vous-même une découverte.

— Oui, Maître, balbutie Anne.

Il ajoute :

— Le succès n'est qu'un leurre, apprenez-le, et il faut toujours s'efforcer de le dépasser. Si on l'oublie, on court à l'échec.

Le vieux baladin lui confie des vérités essentielles parce qu'il va donner à la jeune fille sa dernière leçon, il le pressent. Bientôt, elle sera entraînée dans un monde où il n'aura plus sa place, mais elle ne l'a peut-être pas encore compris...

« Iris de Beauregard ne sera pas n'importe quelle baladine, devine-t-il, elle deviendra la Danseuse du Roi... »

Le maître a tel regret de ne point l'accompagner dans sa nouvelle vie qu'il tend à Anne un petit rouleau de papier à musique :

— Voici la « partie » de la *Danse d'Iris* écrite par Boesset, chuchote-t-il, et je vous en fais cadeau. Cela vous portera bonheur tout au long de votre carrière.

Anne lui répond tout bas :

— Mais, jamais dans ma vie, je n'aurai à danser plus belle danse, je le sais...

*

Le soir même,
Vers 6 heures

Rue du Petit-Musc, un carrosse s'arrête, un laquais, portant la livrée du comte de Saint-Aignan, en descend qui s'engouffre dans la maison à l'étoile. Peu soucieux de boucher la circulation, le cocher, impavide, trône sur son siège.

Il fait encore chaud et, autour des chevaux, des mouches vespérales tourniquent ; l'homme les chasse mollement de son fouet, tandis que le laquais dépêché par le comte de Saint-Aignan, resté au Louvre, grimpe les étages afin d'aller quérir, au troisième, Iris de Beauregard. Il a pour mission de l'accompagner au palais et de l'en ramener après sa danse, avec un porteur de flambeau qui l'éclairera jusqu'à sa porte[1].

1. Il n'y avait pratiquement pas d'éclairage public dans Paris, à cette époque. Des porteurs de flambeaux rétribués accompagnaient leurs clients dans les rues à la nuit tombée et montaient avec eux jusqu'à leurs portes, le cas échéant, les cages d'escaliers n'étant pas éclairées non plus.

Quelques passants s'attroupent, curieux, aux alentours de la voiture.

— Qui attend-on céans ?

— Une belle dame...

— ... Un grand seigneur...

— ... ou quelque duchesse cacochyme, si ça se trouve !

À cet instant, le laquais surgit hors de la maison. Avec de grands moulinets de bras, il écarte les badauds en braillant :

— Laissez passer la Danseuse du Roi !

Ils voient apparaître une jeune fille corsetée dans une robe couleur d'Iris, dont un garçon tient très haut la traîne de soie afin qu'elle ne trempe point dans la boue de la rue.

— La Danseuse du Roi... répète quelqu'un.

Et ces mots sont repris par l'un ou par l'autre.

Le laquais ouvre la portière.

Tenant un masque devant son visage, ses longs cheveux blonds à demi dissimulés par un voile diapré qui l'enveloppe et frissonne à un souffle d'air venu de la Seine, la jeune fille pose un pied chaussé d'argent sur le marchepied du carrosse.

Elle entend alors, autour d'elle, bruire ce murmure :

« C'est la Danseuse du Roi... »

Épilogue

Pour lui seul...

Il y a des flambeaux et des miroirs.

Il y a les deux Reines, il y a des dames en robes de soie sur des carreaux ou des tabourets, des seigneurs debout ou d'autres assis, selon leur rang.

Il y a la musique.

Et, surtout, il est là, lui.

Par la porte entrebâillée derrière laquelle Anne attend d'apparaître dans le salon où elle va baler, elle aperçoit le Roi ; elle ne peut pas et elle ne veut pas en détacher les yeux, parce que, soudain, il s'est mis à danser.

Il se trouve parmi ses intimes, en son « particulier », pourquoi ne danserait-il pas, après tout ? Et, tout à coup, Anne ne voit plus le Roi, elle voit un beau jeune homme au pourpoint incarnat qui, par ses *tours*, ses *petits battements* et ses *pas chassés*, laisse éclater sa joie de vivre et d'être un homme, en effet, juste un homme – Louis.

Lorsqu'il s'arrête et salue les Reines, d'un salut qui est encore danse, les violons se taisent.

Et le Roi reprend sa place de monarque.

Après un long silence, un page, chapitré par Saint-Aignan, vient annoncer à l'assemblée :

Elle descend des Cieux
Nous porter, des Dieux,
Le message ;
C'est Iris qu'on la nomme,
Cette vierge sage...

Il ouvre en grand la porte, à la minute où un unique violon se met à chanter la mélodie de Boesset ; et le voile l'accompagnant comme des ailes, Anne s'élance dans le salon.

Écarté... pas de bourrée emboîté... pirouette...

Elle se souvient des conseils de Maître Desroses : « *Qu'importe le jarret si vous n'avez point les bras ! Ils sont toute la danse.* »

Elle se souvient aussi de ceux de Maître Le Fresne : « *Il faut danser "grand", au lieu de danser "petit" ! Une baladine doit se "montrer".* »

Alors, Anne se montre.

Contre sa gorge, brille le diamant du Roi, telle sa marque sur elle.

Tous les assistants suivent les gestes précis, gracieux, vifs ou soudain languides de la jeune fille, mais c'est pour *Lui* seul, qu'elle danse. Comme elle dansera toute sa vie. Et c'est sous le regard attentif de Louis qu'Anne devient vraiment, à cet instant, Iris de Beauregard, la Danseuse du Roi.

Le voile l'entraîne haut, si haut qu'elle a enfin l'impression d'escalader l'arc-en-ciel...

Bibliographie

Connaissance du vieux Paris, Jacques Hillairet, Le Club français du livre, 1969

Être femme au temps de Louis XIV, Roger Duchêne, Éditions Perrin, 2004

En Provence au temps de Mistral, Pierre Rollet, La Vie quotidienne, Hachette 1972

L'Art du ballet de Cour en France (1581-1643), Centre national de la Recherche scientifique, 1963

La danse, du ballet de Cour au ballet blanc, Jean-Pierre Pastori, Découvertes Gallimard, 1996

La vie quotidienne des comédiens au temps de Molière, Georges Mongrédien, Hachette, 1966

L'Ancien Régime, 1610-1770, Emmanuel Leroy Ladurie, Hachette, 1991

Les Précieuses ou comment l'esprit vint aux femmes, Roger Duchêne, Fayard, 2001

Les Rois qui ont fait la France, Louis XIII, Georges Bordonove, Éditions Pygmalion, 1981

Le siècle de Louis XIV, Hubert Méthivier, PUF, Que sais-je ? 1962

Louis XIV, Louis Bertrand, Librairie Arthème Fayard, 1923

Louis XIV artiste, Philippe Beaussant, Payot, 2005

Louis XIV, Ernest Lavisse (Hachette 1911), réédité chez Tallandier en 1978

Louis XIV à Versailles, André Maurois, Hachette, 1955

Louis XIV par lui-même, Michel Déon, de l'Académie française, Éd. Jean-Cyrille Godefroy, 1983

Le Roi-Soleil se lève aussi, Philippe Beaussant, Gallimard, 2000

Un monde à l'usage des demoiselles, Paule Constant, Gallimard, 1987

Proverbes et dictons provençaux, Rivages, 1990

Dictionnaires

Dictionnaire de la danse, sous la direction de Philippe Le Moal, Larousse, 1999

Dictionnaire historique de la Langue française, Le Robert, sous la direction d'Alain Rey, 2000

Fictions

Journal et mémoires de Thomas de Listière, valet de la Marquise de Sévigné, François Bluche, Critérion 1993

Mireille, Frédéric Mistral (version bilingue provençal/français), Fasquelle Editeurs, 1930
Petit Louis, dit XIV, l'enfance du Roi-Soleil, Claude Duneton, Éditions du Seuil, 1985

Pour en savoir plus...

Lorsqu'on écrit une fiction placée dans un cadre historique, on regarde forcément l'Histoire, la grande, par le petit bout de la lorgnette.

En choisissant, pour les besoins de l'intrigue, de développer des événements bien précis de l'Histoire avec un grand H, on est obligé d'en écarter certains, parfois plus importants d'un point de vue politique que ceux évoqués par l'auteur dans le cours de son roman ; mais les y faire apparaître l'aurait ralenti et alourdi.

Voici donc quelques précisions utiles à connaître.

Situation politique à l'époque où se déroule « La Danseuse et le Roi »

Janvier 1653 : la Fronde (voir p. 258) s'est achevée l'année précédente. Après des mois d'errance et de tribulations, Louis XIV est rentré à Paris le 21 octobre 1652 ; la situation s'apaise donc.

Janvier 1660 : le conflit avec l'Espagne dans le cadre de la Guerre dite de Trente Ans, officiellement terminée par le traité de Westphalie en 1648, s'est véritablement achevé par la Paix des Pyrénées, signée avec l'Espagne par Mazarin le 7 novembre 1659 et stipulant que Louis XIV épousera sa cousine germaine espagnole, Marie-Thérèse d'Autriche (les rois qui règnent à cette époque sur l'Espagne sont des Habsbourg).

Malgré les troubles éclatés en Provence en février et mars 1659, et la rébellion de Marseille, rétive au pouvoir royal, le voyage de Louis XIV, commencé l'année précédente par la Touraine, le Poitou et la Guyenne, est un succès.

Petit détail : Louis II, prince de Condé, appelé le « Grand Condé » (1621-1686), un des acteurs majeurs de la Fronde, qui conspira en cette occasion avec l'Espagne et se battit contre les troupes royales, fait sa soumission au Roi, à Aix-en-Provence.

D'Arles à Aix et d'Aix à Toulon, Louis XIV visite grosses villes et modestes bourgades, avant de prendre la route du Pays Basque pour se marier à Saint-Jean-de-Luz, le 9 juin 1660, avec sa cousine Marie-Thérèse d'Autriche, donc, fille du roi d'Espagne.

À cette époque, Louis XIV est encore sous la coupe de sa mère **Anne d'Autriche (1601-1666)**, régente du royaume de 1643 à 1661, et du **cardinal Jules Mazarin (1602-1661)**, un prélat et homme d'État d'origine italienne qui apprend au jeune souverain son « métier de roi ».

*

Louis XIV voyageur

On imagine le Roi figé à Versailles. Ce ne fut pas le cas. Il n'hésita jamais à se mettre en route pour aller à la rencontre de son peuple. Jusqu'à son installation définitive en 1680 dans le palais construit pour lui, Louis XIV habita le Louvre (qu'il n'aima jamais), ou le château de Saint-Germain-en-Laye (où il était né et qu'il appréciait beaucoup), sans parler du Palais Royal, à Paris, et des résidences secondaires, Fontainebleau, Chambord, ou Marly.

Les dates du parcours personnel du Roi

Louis XIV est né le 5 septembre 1638 à Saint-Germain-en-Laye. Il est le fils du roi Louis XIII et d'Anne d'Autriche, une princesse espagnole. Il a un petit frère, Philippe, le futur Monsieur, duc d'Orléans. Leur père meurt le 14 mai 1643. **Louis lui**

succède donc à l'âge de quatre ans et huit mois. C'est sa mère qui assure la régence, épaulée par le cardinal Jules Mazarin. **L'enfance du Roi est troublée par la Fronde entre 1648 et 1652** (*voir ci-dessous*). **Il est sacré Roi le 7 juin 1654.** Il épouse lui-même une autre princesse espagnole, Marie-Thérèse d'Autriche, sa cousine germaine, le 9 juin 1660. **Quand Mazarin meurt, le 9 mars 1661, Louis XIV prend le pouvoir en main et ne le lâchera plus.** La Reine, son épouse, meurt le 30 juillet 1683. Il se remarie secrètement avec Mme de Maintenon. **Louis XIV meurt le 1er septembre 1715.**

*

*La fronde

Elle fut provoquée en 1648 (Louis XIV avait donc dix ans) par le mécontentement général et dura jusqu'en 1652 (aux quatorze ans révolus du Roi).

La gestion du royaume par le cardinal Mazarin, très soutenu par la reine et régente, Anne d'Autriche, provoqua les premières échauffourées et barricades dans Paris, lors de **la première Fronde, appelée la « Fronde parlementaire »**, suite à l'arrestation de Broussel, conseiller au Parlement. **La cour s'exila à Saint-Germain-en-Laye et revint à Paris après la paix de Rueil.**

La deuxième Fronde ou « **Fronde des Princes** » mobilisa les plus grands noms du royaume, avec à leur tête Condé, Beaufort, et la célèbre Mme de Longueville (*voir ci-dessous*). Dans cette affaire où l'Espagne intriguait en sous-main pour déséquilibrer la France et qui tourna souvent à la guerre civile, les princes furent finalement vaincus.

Mais Louis XIV resta très marqué par cette période de désordre. Il exila les frondeurs sur leurs terres de province et s'il finit par leur pardonner peu ou prou, il œuvra toujours de façon à empêcher que ne se renouvellent de tels troubles.

Tenir la noblesse enfermée à Versailles autour de lui fut un des moyens qu'il employa pour éviter aux grands seigneurs – en les empêchant également de participer à la marche de l'État – de recommencer à nuire à leur roi.

Ce monarque absolu avait de bonnes raisons de l'être !

*

Le courant précieux

Il y eut dès le XVIe siècle une tendance à la préciosité dans toute l'Europe, c'est-à-dire une recherche de raffinement, de culture, et de politesse, mêlée au goût pour les « choses de l'esprit ». Elle s'exprime d'abord dans la poésie. Cette tendance s'épanouit en France au début du XVIIe siècle avec la création des Salons où se réunissent les gens du beau monde et la parution des premiers romans précieux, tel *L'Astrée* d'Honoré d'Urfé.

Le Salon de Mme de Rambouillet, alias « l'Incomparable Arthénice », est resté célèbre, mais il y avait dans Paris tout un bouillonnement intellectuel et littéraire qui dura jusqu'à la fin du règne de Louis XIV.

*Les Précieuses

Elles ont été ridiculisées par Molière, *via* le grand succès des *Précieuses Ridicules* (1659). Mais les Précieuses étaient peut-être les premières « féministes ». À une époque où, dans les milieux aisés, bien sûr, une femme dépend d'abord de son père, puis de son époux, et n'a pas grande liberté quant à la conduite de son existence, la Précieuse revendique son indépendance et le droit de s'exprimer à sa façon, voire à conduire sa vie et ses amours comme elle l'entend.

Des hommes les ont d'ailleurs suivies et encouragées. Un langage alambiqué, presque codé – où chacun porte un pseudonyme –, et des manières recherchées, ainsi que le goût pour les sentiments délicats ont été leur façon d'essayer de s'imposer dans les salons et les cénacles où se rencontre l'élite sociale, littéraire et intellectuelle du temps. (Voir *Les Précieuses ou comment l'esprit vint aux femmes,* de Roger Duchêne, Fayard).

***La duchesse de Longueville** (1619-1679), née Anne Geneviève de Bourbon, alias Ligdamire, est un bel exemple de précieuse. Elle se révolta contre le Roi lors de la Fronde et entraîna avec elle dans la rébellion ses deux frères, le Grand Condé et le prince de Conti.

Petit détail : elle fut la maîtresse du duc de la Rochefoucault (1613-1680), l'auteur des célèbres *Maximes.*

*

La danse à l'époque de Louis XIV

« Les peuples d'un autre côté se plaisent au spectacle où au fond on a toujours pour but de leur plaire ; et tous nos sujets, en général, sont ravis de voir que

nous aimons ce qu'ils aiment ou à quoi ils réussissent le mieux. Par là nous tenons leur esprit et leur cœur, quelquefois plus fortement peut-être que par les récompenses et les bienfaits. »

Louis XIV

Le Roi était un artiste.

Il avait un véritable goût pour la musique et un talent reconnu de guitariste, mais la danse était sa passion ; il y excellait depuis l'enfance.

La danse était, en effet, le divertissement majeur du temps, quel que soit le niveau social. À force d'y travailler, Louis XIV avait compris que « *l'Art de la Danse* » était « *l'un des plus honnêtes et plus nécessaires à former le corps et à lui donner les premières et les plus naturelles dispositions à toutes sortes d'exercices* ».

Il l'écrit dans les *Lettres patentes* où il accorde l'exclusivité d'étudier et de théoriser cet art à l'Académie de Danse, fondée par lui-même en mars 1661. La mission de l'Académie, dont les membres étaient tous des danseurs reconnus, consistait à préserver l'héritage de la danse, toujours transmis oralement jusque-là, et à éviter que les amateurs ne la déforment en l'exerçant n'importe où et n'importe comment.

Louis XIV a donc déjà l'idée de « professionnaliser » la danse. En cette entreprise, il est conseillé par **Pierre Beauchamps** (1631-1705), son professeur et maître à danser qui crée pour la Cour et la scène de nombreux ballets.

Raoul Auger Feuillet (1660-1710), maître à danser et chorégraphe, invente une façon de noter les mouvements et les pas qui permet alors de les pérenniser – et est encore utilisée de nos jours.

Mais de quelle danse s'agit-il ?

Quand Louis XIV souhaite « *rétablir ledit Art dans sa première perfection et l'augmenter autant que faire se pourra* », il parle de la danse de Cour, qu'on appelle la « Belle Danse » puisqu'elle est réservée aux personnes de la noblesse[1]. Il s'agit d'une façon de danser déjà codifiée et savante, apportée à la cour de France par des maîtres à danser italiens, au XVIe siècle, et enrichie par l'influence française.

Les provinces de France étant prodigues en danses diverses (rigaudon, gavotte, bourrée, courante, passepied ou autres voltes), certains pas se glissent dans les ballets de cour avec quelques apports (sarabande, gigue, ou chaconne) venus d'autres pays.

1. Au XVIIe siècle, l'adjectif qualificatif « beau » ou « belle » se réfère à ce qui a trait au monde de la noblesse et est donc raffiné.

Quelle est alors l'importance de la danse ?

À la Cour et dans la bonne société, la danse est plus qu'un divertissement, elle fait partie de l'éducation d'un gentilhomme autant que l'escrime ou l'équitation ; elle est également indispensable aux jeunes filles à une époque où le paraître, le « bon air », a une importance capitale. L'exercice de la danse apporte rigueur, élégance et justesse du geste. Des qualités nécessaires pour évoluer dans le monde. Par conséquent, **le maître à danser** est un personnage important du temps. À Paris, à l'époque de Louis XIV, il y avait trois mille maîtres à danser qui exerçaient leur art chez les particuliers ou dans les deux cents salles de danse alors répertoriées.

Pourquoi danse-t-on à la cour ?

Le bal de Cour est une façon, pour le Roi, de manifester son autorité. Le Roi garde un souvenir cuisant de la Fronde ; en réunissant autour de lui les grands seigneurs qui le bravèrent lors de cette guerre civile, il désamorce les éventuelles tentatives de rébellion. La Danse devient l'expression du pouvoir royal, chacun voulant à l'occasion des bals se faire remarquer du Roi, qui reste le meilleur danseur d'entre tous – il l'a prouvé en dansant sur scène dans sa jeunesse.

Pourquoi le Roi a-t-il dansé sur scène ?

Louis XIV ne s'est pas contenté des bals de cour. En dansant au théâtre dès l'âge de treize ans, puis en ayant un immense succès à quinze ans[1], en 1653, et en continuant à se faire voir et admirer, il se rapproche ainsi de son peuple ; le Roi lui montre par ce biais qu'il partage les goûts des plus humbles et danse comme eux. Il arrêtera de se produire en 1675, à trente et un ans, ne se jugeant plus assez brillant pour se montrer au public.

À ce moment-là, il se passionnera pour l'opéra

Il a un véritable goût pour la musique et sait juger de la qualité d'une partition. **Jean-Baptiste Lully** (1632-1687), sommité musicale du temps, déjà célèbre pour ses nombreuses musiques de ballet, créera (entre autres) ***Athys,*** l'opéra préféré de Louis XIV. Ce musicien était également le compositeur des comédies-ballets de Jean-Baptiste Poquelin, dit **Molière** (1622-1673), homme de théâtre incontournable et ami personnel du Roi, dont il était « valet de chambre », un titre alors envié.

Louis XIV favorisera également – entre autres – la carrière de **Michel Richard Delalande** (1657-1726),

1. Il danse *Le Ballet de la Nuit,* au Petit Bourbon, musique de Cambefort et Boesset.

compositeur de la musique religieuse de la Chapelle du Roi et de symphonies pour les dîners royaux, et la carrière de **Marin Marais** (1656-1728) joueur de viole et compositeur, auteur de l'opéra, *Alcyone*.

L'œuvre de Louis XIV dans la danse

Outre l'Académie de Danse, en 1661, le Roi fonde la première école de danse destinée aux professionnels, en 1713, deux ans avant sa mort. Grâce à lui, la « Belle Danse » a perduré. Au fil du temps, elle est devenue la danse classique.

*

*Les Écrouelles

L'un des pouvoirs symboliques conférés au roi de France, une fois sacré, était de guérir ces abcès au cou provoqués par la tuberculose.

Lorsque, quatre fois par an, les malades venaient s'incliner devant lui en espérant la guérison, le Roi prononçait cette formule : « Le Roi te touche, Dieu te guérit ». Preuve supplémentaire que le monarque était bien, aux yeux de son peuple, le représentant de Dieu sur terre.

*

*La Religion

Le XVIIe siècle ayant été très religieux, il faut forcément évoquer cette dévotion à la religion, tout particulièrement à la religion catholique, alors prédominante, pour évoquer ce siècle dans le cadre d'un roman.

Pour simplifier

Le XVIIe siècle est l'héritier des guerres de religion entre catholiques et protestants ; elles ont déchiré le XVIe siècle.

Henri IV y mit un terme officiel en signant l'Édit de Nantes, le 13 avril 1598, qui donnait une place dans l'État à l'Église réformée de France et à ses membres.

C'est sous le règne de Louis XIV, le 18 octobre 1685, qu'aura lieu la fort dommageable (d'un point de vue politique et humain) **Révocation de l'Édit de Nantes.** Le règne de Louis XIV sera également secoué par des courants qu'il s'efforcera de contenir ou d'éradiquer, **le jansénisme et le quiétisme**.

Un petit détail : un des titres des rois de France est « le Roi Très Chrétien ». Louis XIV ne manqua sa messe quotidienne que deux ou trois fois dans sa vie.

Jacques Bénigne **Bossuet** (1627-1704), prélat et homme de Lettres, évêque de Meaux (d'où son surnom, « l'Aigle de Meaux ») fut une des grandes figures religieuses du règne de Louis XIV, ainsi que François de Salignac de la Mothe-**Fénelon** (1651-1715), prélat, évêque de Cambrai (il fut appelé le « Cygne de Cambrai ») et homme de Lettres. Il écrivit les célèbres *Aventures de Télémaque* (1699), à l'intention du duc de Bourgogne, le petit-fils de Louis XIV, dont il était le précepteur.

*

La police

Il n'y a pas encore de police comme on l'entend de nos jours, mais déjà, dès 1660, des « gens de police ». C'est Louis XIV qui créera le poste de Lieutenant de Police en 1667 et, par la suite, instituera un véritable corps hiérarchisé.

*

*Orgon (Orgoun en provençal)

Cette petite ville des Bouches-du-Rhône actuelles fut autrefois, alors qu'elle était fortifiée, un point stratégique sur la Durance dont elle dominait la vallée. Le château des ducs de Guise (seigneurs lorrains qui avaient Orgon pour fief, suite au lointain mariage d'un des leurs avec une fille du roi René 1er (1409-1480), duc d'Anjou et comte de Provence), le château, donc, se dressait sur la hauteur et, au pied de ses remparts, il y avait même un port sur la rivière. Hélas, pour en finir avec la féodalité, le cardinal Richelieu (1585-1642) fit abattre pendant le règne de Louis XIII tous les châteaux forts qui, en France, avaient des positions stratégiques. Celui d'Orgon fut démoli comme les autres.

***La Vierge de Beauregard** est la protectrice d'Orgon depuis le Moyen Âge. En 1562, cette statue de bois fut jetée dans un ravin proche par un seigneur protestant, le baron des Adrets. Elle ne se brisa pas et, à l'endroit où elle tomba, jaillit miraculeusement une source.

Un petit détail : une silhouette de la Vierge Marie apparaît sur les armes de la ville.

*

***La mythologie grecque et romaine** est la base de la culture de l'époque. Dans les milieux aisés, chacun en comprend les références et en connaît ou reconnaît les mythes. Les ballets reflètent également cette culture, si largement évoquée dans les fables de **Jean de La Fontaine** (1621-1695), écrivain qui s'inspire souvent des fabulistes de l'Antiquité.

ANNE-MARIE POL

Anne-Marie Pol est née à Rabat, au Maroc ; elle a eu une enfance voyageuse avant de s'installer en Espagne où elle a travaillé comme mannequin. De retour à Paris, après des études théâtrales à la Sorbonne, elle se décide à réaliser son rêve : écrire. Son premier roman paraît en 1986 chez Flammarion jeunesse. Depuis, elle a écrit de nombreux livres, traduits dans plusieurs langues et souvent inspirés de la danse, de l'Histoire et du théâtre, tel le roman *Rachel*. Ses séries comme *Danse !* ou *Les 3 copines* comptent de nombreuses et fidèles lectrices.

www.annemarie-pol.fr

Mayalen Goust

Née à La Rochelle, Mayalen Goust vit aujourd'hui à Rennes. Diplômée de l'École d'Arts Appliqués de Poitiers, elle devient graphiste pour une agence de communication et dessine son premier album pour la jeunesse en 2001. Depuis, elle a illustré de nombreux albums chez « Père Castor », notamment les « classiques » *Blanche-Neige* et *La Petite fille aux allumettes*, qui traduisent un univers doux et poétique.

Table des matières

Troisième partie
ESCALADER L'ARC-EN-CIEL

ROMANS

Tout un monde de lecture
entre les mains.

TITRES DÉJÀ PARUS

Flammarion jeunesse

Chaân, la rebelle (tome 1)

Christine Féret-Fleury

3 500 ans avant notre ère, au cœur de la Préhistoire... Chaân, une jeune fille éprise de liberté, défie les lois de son peuple en apprenant à chasser en secret. Elle est alors rejetée par tous les habitants du village et par son propre père. Chaân semble prête à tout pour conquérir son indépendance. Mais saura-t-elle surmonter les épreuves qui l'attendent ?

« Non, elle ne laisserait personne l'empêcher de vivre à sa guise. S'il le fallait, elle se battrait. Elle supporterait les pires épreuves... »

Le premier épisode des aventures de Chaân.

Flammarion jeunesse

Claudine de Lyon
Marie-Christine Helgerson

Claudine a onze ans, elle travaille dix heures par jour dans l'atelier de son père, à tisser de la soie. Mais cette vie épuise la petite fille qui tombe gravement malade. Pour guérir, elle part à la campagne. Claudine veut retrouver la santé et elle n'a pas envie de retourner à Lyon pour travailler. Ce qu'elle désire par dessus tout, c'est aller à l'école et réaliser son rêve : savoir lire, écrire et surtout dessiner.

« J'en ai assez de recevoir des ordres. Je veux choisir pour moi. Je sais bien ce que je ferai : j'irai à l'école, j'apprendrai des tas de choses et je ferai des dessins encore plus beaux que ceux de Carlo. »

De Sacha à Macha
Rachel Hausfater et Yaël Hassan

Derrière son ordinateur, Sacha envoie des mails à des destinataires imaginaires, comme autant de bouteilles à la mer. Jusqu'au jour où Macha répond. Commence alors une bien étrange correspondance, pleine de tâtonnements mais aussi de confidences... Est-ce le début d'une belle amitié ?

« Tu m'as fait une de ces peurs ! J'ai eu l'impression que j'allais tomber dans un gouffre. Tu es la seule personne qui m'ait tendu la main : j'ai besoin que tu me la tiennes encore un peu. Beaucoup. Longtemps. Toujours. »

Jun-ling, une enfance chinoise

Adeline Yen Mah

Orpheline de mère, Jun-ling est le souffre-douleur de sa famille. Ses frères et sa sœur lui reprochent la mort de leur mère et son père la néglige. Soutenue par son grand-père Ye Ye et sa tante Baba, Jun-ling apprend à avoir confiance en elle et à partager leur amour des lettres. Elle y puisera la force de prendre son envol...

« Tu as à l'intérieur de toi quelque chose d'unique, de précieux, je l'ai toujours senti. Tu ne dois pas le gaspiller. Il faut leur prouver qu'ils ont tort. Promis ?
- Juré ! »

L'heure du renard
Marie-Claude Bérot

Isa est une petite fille peu ordinaire.
Elle connaît chaque plante, chaque animal, chaque étoile.
Elle aurait même de mystérieux pouvoirs...
Isa aime se réfugier dans la forêt où elle peut écouter la nature lui souffler ses secrets. Un jour, à la tombée du soleil, elle rencontre un renard sauvage.
Les destins de la bête et de l'enfant semblent liés...

« - Ne bouge pas, je vais revenir. Tu entends, je vais revenir.
Le renard, comme s'il avait compris, souleva ses paupières et les laissa retomber. »

L.O.L.A.

Claire Mazard

Qui adresse du courrier à Lola sans le signer ?
Pourquoi un inconnu l'a-t-il choisie comme confidente ?
Pour la jeune collégienne, ces lettres anonymes sont d'abord agaçantes, puis touchantes et finalement intrigantes.
Lola décide de mener son enquête.
La réponse est pourtant si proche d'elle...

« À la fin de la troisième lettre, en bas de la page, quelques lignes avaient été rajoutées : Je ne saurais te redire, Lola, combien cela m'aide de te raconter mon histoire. »

Flammarion jeunesse

L'île au trésor

Robert Louis Stevenson

Jim Hawkins, jeune garçon courageux, s'embarque sur un navire à la recherche d'un trésor enfoui sur une île déserte. Il se trouve alors aux prises avec des pirates patibulaires, dont un certain Long John Silver doté d'une jambe de bois. Cette aventure incroyable nous plonge dans un monde de pirates sanguinaires, plus vrais que nature, qui s'entredéchirent sur une île brûlée par le soleil. L'affrontement sera sans merci...

« En admettant que j'aie ici dans ma poche un indice capable de nous guider vers le lieu où Flint a enterré son trésor, croyez-vous que ce trésor serait considérable ? »

Flammarion jeunesse

Composé par Nord Compo Multimédia
7, rue de Fives, 59650 Villeneuve-d'Ascq

Imprimé à Barcelone par:

BLACK PRINT

Dépôt légal : février 2012
N° d'édition : L.01EJEN000472.N001
Loi n° 49-956 du 16 juillet 1949
sur les publications destinées à la jeunesse